아동문학 창작론

한혜선

푸른사상

■ 한 혜 선

이화여대 국문과, 동 대학원 졸업. 문학박사.
현 경문대학 문예창작과 교수

■ 대표논저

『그물코 한국문학』(전4권)
『한국패러디소설연구』(공저)
『한국소설과 결손인물』
「시간구조와 공간구조에 나타난 事象性 연구」
「한국현대소설의 인물연구」
「이인성, '당신'의 글쓰기」
「최수철의 '화두, 기록, 화석'」 외 다수

아동문학창작론

인쇄 ― 2000년 7월 15일
발행 ― 2000년 7월 25일

지은이 ―――― 한 혜 선
발행인 ―――― 한 봉 숙
편집인 ―――― 정 신 자
발행처 ―――― 푸른사상

등록번호 · 제2-2876호
서울시 중구 을지로3가 315-4 을지B/D 603호
전화 · 2264-9328／2264-9327
팩시밀리 · 2264-9327
Prun21c@yahoo.co.kr

값 · 9,000원
*저자와의 협의하에 인지 생략함.

ISBN 89-951563-0-7-03810

책머리에

아이의 현재는 아이이다.

그러나 아이는 어른이 지나온 시간이며, 어른은 아이가 다가갈 시간이다.

인간은 끊임없이 지나온 시간을 되새기고 미래의 변화를 꿈꾼다. 그러므로 아동문학이 아이들의 것만이 아니고 또 어른들의 소설이 어른들 것만이 아니다.

성인소설 「걸리버 여행기」 「로빈슨 크로스」에서 아이들이 자기들의 이야기를 찾아내고, 어른들도 「어린왕자」 「피터 팬」에서 꿈을 찾아낸다.

이야기는 놀이이다. 꿈의 놀이이다. 꿈 꿀 수 있는 아이, 꿈을 찾을 수 있는 어른들의 놀이세계가 만들어지기를 꿈꾸면서 이 책을 썼다. <임금님의 귀는 당나귀 귀>하고 외치고 싶은 사람들을 위해 이 글을 바친다.

2000년 7월
저자

책머리에

제 1 장 아동문학의 세계 ── 7

1. 동심의 세계와 아동문학 ── 7
2. 신화와 전설의 세계 ── 10
3. 설화와 환타지의 세계 ── 12
4. 설화세계, 이야기 탐색 ── 15

제 2 장 아동문학 창작기술 ── 29

1. 작가정신 ── 29
2. 작품의 구상 ── 30
3. 주제 ── 32
4. 소재 ── 36
5. 구성 ── 40
6. 인물 ── 50
7. 시점 ── 55
8. 배경 ── 58
9. 문체 ── 60

•목차

제 3 장 아동문학의 실제와 연습 ——— 63

  1. 황소와 도깨비 / 이 상 ——— 63
  2. 햇빛과 별빛의 요술사 / 한혜선 ——— 74
  3. 창작 연습 ——— 85

제 4 장 아동문학과 작가 ——— 97

  1. 외국의 작가 ——— 97
  2. 한국의 작가 ——— 112

제 5 장 아동문학과 만화 ——— 121

  1. 만화의 특성과 역사 ——— 121
  2. 만화의 장르 ——— 137
  3. 만화의 형식 ——— 144
  4. 만화 · 영화 · 애니메이션 · 게임 ——— 154
  5. 스토리 창작 기술 ——— 157

제 1 장 아동문학의 세계

1. 동심의 세계와 아동문학

어린이 시절에는 모든 것이 신기하고, 호기심이 많은 때이다. 왜 하늘에서 비가 오는지, 왜 저녁때가 되면 어두워지는지, 모든 것이 이상하고 이해할 수 없다. 그래서 아이들은 물어보는 것이 많다. 그리고 자기의 생각을 말한다. 어른이 들으면 어처구니없는 이야기이지만 아이들은 그렇게 믿는다. 한 아이가 말하기를 비가 오는 것을 보고 하늘에서 하나님이 샤워를 하고 있다고 했다.

또 어떤 아이는 엄마의 신발은 크고 자기의 신발은 작은 것이 참 이상하면서도 당연하다고 생각한다. 엄마의 존재가 그 만큼 커 보이고, 무한한 세계처럼 느껴진다. 엄마는 모든 것을 해 줄 수 있다고 생각한다.

조금 더 자라면 저 아이는 친구가 많은데, 왜, 나는 친구가 없을까? 텔레비전에서 눈이 파랗고 머리가 노란 아이도 있는데, 그 아이들은 어디에 살고 있을까? 이렇게 자기와 자기 옆에 있는 것, 친구 등에 관심을 가지게 된다. 그리고 자기가 모르는 세계에 대해 알고 싶은 호기심이 생긴다.

아이들은 보이지 않는, 미지의 세계에 대한 호기심이 많고, 이해할 수 없는 어른의 세계에 대해서도 자기 나름대로 상상을 한다.

동화를 쓰는 작가는 아이들의 이러한 호기심을 키워주고, 세계를 보는 눈을 열어주어야 한다. 아이들은 동화를 읽으면서, 자기가 누구인지 알게 되고, 자기세계를 확대할 수 있어야 한다. 또 경험의 세계를 풍부하게 할 수 있고, 아이들이 알지 못하는 세계에 대한 상상력을 키울 수 있어야 한다.

아동문학의 세계는 첫째, 정신적인 해방감을 느낄 수 있는 세계여야 한다.

현대는 경쟁사회이므로 학교생활에서의 긴장감과 압박감으로부터 벗어날 수 없다. 아이들을 현실의 구속감으로부터 해방시켜 줄 수 있어야 한다. 현대의 어머니들은 모두가 팥쥐의 어머니와 같다. 아이들은 해야 할 일이 너무나 많아서, 아이들은 매일 무거운 짐을 지고 살아가고 있다. 이러한 환경에서 오는 마음의 병을 고쳐줘야 하고 그것을 잊어버리게 해야 하는 것이 아동문학의 목적이다.

아이들은 때때로 학교에 가기 싫으면 '배가 아프다'고 말한다. 그리고 진짜 배가 아프고, 또는 머리가 아프다. 이것은 학교생활에서 느끼는 긴장감에서 생기는 병이다. 어른들이 보면, '꾀병을 앓는다'고 하지만, 심리적으로는 진짜 아픈 것일 수 있다. 이러한 정신적·심리적인 병으로부터 벗어날 수 있는 길은 잠시라도 마음의 여유를 가지고 자신으로부터 벗어나는 길이다. 이야기 속으로 들어가 자기와는 다른 삶을 사는 친구들, 또 다른 세계를 엿보는 것으로 정신적인 해방감을 느낄 수 있다.

둘째, 교육적으로 정신적 확장을 할 수 있는 세계가 나타나야 한다.

아이들은 독서를 통해 알지 못했던 여러 가지를 배울 수 있다. 이 독서는 과학적 지식만을 뜻하는 것이 아니다. 아이들이 경험하지 못했던 사실을 간접적으로 경험하고 배울 수 있다. 또 친구를 사귈 때에 미처 생각하지 못했던 실수와 인간의 미묘한 심리를 작품을 통하여 깨달을 수 있다. 인간에 대한 이해를 넓힐 수 있고, 인간과 동물의 정서적 교류를 통해 자연세계를 이해할 수 있다. 또 예의와 사회적 질서를 지켜야 하는 것, 선과 악의 도덕적인 것 등을 배울 수 있다.

교육적인 내용을 통하여 삶과 생활에 어떤 변화를 줄 수 있는 이야기이면 더욱 좋다. 너무 교육적인 것을 생각하여 쓰다보면 아이들에게는 재미없는 이야기가 될 수 있으므로, 자연스럽게 담겨 있어야 한다.

셋째, 아이들의 꿈과 상상력을 키울 수 있는 세계여야 한다.

상상력은 힘이다. 상상력은 정서적으로 풍부해질 뿐 아니라 인간의 삶을 확장시킬 수 있다. 상상력은 아이뿐 아니라, 어른이 되어서도 힘이 된다. 쥘 베르의 「해저 2만리」같은 작품은 바다를 탐구하는데 많은 도움이 되었다. 「해저 2만리」가 발표되었을 때는 아직 바다 밑을 다닐 수 있다는 생각을 하지 못하였던 시대이다. 몇 십 년 후에야 바다 밑을 다니는 잠수함이 만들어진다. 이렇게 상상력이 풍부한 이야기를 읽고 자란 아이는 다른 세계에 대한 관심이 많아지고, 어른이 되어 과학의 발달에 중요한 역할을 할 수 있다.

상상력이 풍부한 이야기에도 진실감이 있어야 한다. 아이들의 이야기라고 허황한 이야기를 하면 안 된다. 꾸며진 이야기라 할지라도 사실에 바탕을 두고, 진실하고 순수한 이야기를 통해 상상력을 키울 수 있어야 한다. 너무 허황한 환상을 주는 이야기는 피해야 된다. 또 아이들이 착각하여 흉내 낼 이야기는 피해야 한다.

다시 정리하면, 아동문학은 (1) 정신적, 지적인 기쁨, (2) 교육적 (3) 상상력 (4) 탐구심 (5) 재미 등이 있어야 한다.

2. 신화와 전설의 세계

신화는 우주가 처음으로 창조되는 순간의 이야기이다. 태초에 어둠 속에서 우주가 개벽하는 순간에 일어난 이야기들이 신화이므로, 신화에는 원시인들의 심상이 담겨 있다. 어떻게 하늘과 땅이 나눠지고 있는가? 어떻게 인간이 만들어 졌는가 등의, 우주관, 인간관이 신화에는 나타나 있다. 이러한 창조신화로는 우주창조신화, 인간창조신화, 나라를 만드는 개국신화 등이 있다. 우리 나라는 <단군신화>와 <동명왕 신화>가 있다.

신화와 전설은 현실에서 실제로 일어나지 않았던 이야기일 수도 있고, 경험하지도 않은 이야기이다. 그러나 마치 우리가 꿈을 꾸고 났을 때, 그것을 경험한 것 같은 느낌이 드는 것과 같다. 꿈속에 우리의 현실과 바라고 있는 것이 담겨있듯이 신화와 전설에는 인간이 꿈꾸는 것, 바라는 것이 담겨 있다. 다시 말하면 인간이 꿈꾸며 그렇게 되고 싶어하는 것이 투사되어 신화와 전설의 이야기로 만들어진다는 뜻이다.

신화에는 우주가 만들어지는 순간들의 이야기가 있고, 인간이 만들어지는 이야기들이 담겨있다. 또 인간을 사랑하고 인간들의 운명을 만들어 가는 신들의 이야기가 있다. 또 영웅들의 이야기가 있는데, 영웅들은 나라를 위해 민족을 위해 위대한 업적을 이루고, 영웅적인 일생을 보내면서도 비극적으로 끝나는 인물들이다.

그러나 전설 중에서 민담설화에는 우리들 곁에 있는 보통사람이 나오는데, 그 인물들은 불행하고 약한 인간이며, 현실에서 이루지 못할 욕망, 갖고 있지 못한 것을 꿈꾸며, 마침내 그것을 이루게 되는 개인적인 성취이며, 행복한 결말에 이르게 된다. 흥부같은 인물들이다. 아동문학은 이러한 인물들이 꿈을 이루는 이야기를 그리고 있다.

<그리스 신화>에 나오는 오디세우스와 오이디프스 대왕은 지적이고 위대한 인물이다. 이들의 이야기를 바탕으로 많은 문학작품이 쓰여졌다.

오디세우스는 용맹한 영웅이다. 전쟁에 이기고 배를 타고 집으로 돌아가는데 바다신의 노여움으로 오디세우스는 바다에서 여러 고난을 겪게된다. 오디세우스가 바다를 항해하는 동안 집으로 돌아가는 것을 방해하는 풍랑을 만나서 배가 부서지고, 노래를 들으면 잠들게 되고, 외눈의 거인에게 잡혀서 동굴 속에 갇히는 등, 여러 가지 고난을 겪으면서 지혜로 이 어려움을 극복하고 집으로 돌아간다. 이것을 오디세우스의 모험이라 하는데, 고대의 위대한 작가들이 이것을 문학작품으로 썼다.

이 「오디세우스의 모험」을 바다가 아닌, 하늘로 옮겨놓고 하늘을 나르는 오디세우스를 그린 만화가 있다. <우주의 율리시스>는 하늘을 나르면서 오디세우스와 같은 고난을 겪으며, 우주를 비행한다. 그러나 이렇게 신화나 전설을 소재로 해서 작품으로 쓸 때, 새롭고 독창적인 생각이 담겨 있어야 한다.

신화와 전설은 이야기의 보물 창고이다. 「삼국유사」 「민간설화집」 「그리스 로마 신화」 「성경이야기」 「북구 신화집」 등 각 나라의 신화나 전설에서 좋은 이야기 거리를 발견할 수 있다. 물론 이 이야기 거리를 그대로 쓰는 것이 아니라, 그 이야기에서 어떤 상상력을 얻을 수 있고, 인간의 여러 복잡한 문제를 해결할 수 있는 지혜를 배울 수 있는 이야기의 소재가 담겨 있다.

3. 설화와 환타지의 세계

전래동화와 창작동화

전래동화는 옛날부터 전해오는 이야기로 지은이가 확실하지 않다. 한 민족의 꿈이나, 정신적 문화를 담은 집단의 창작품이다. 독일의 그림 형제들이 고대의 언어를 연구하면서 유럽의 옛날 이야기를 수집하였는데, 이 때부터 옛이야기들이 기록되어 남겨졌다. 유럽의 전래동화를 메르헨(märchen)이라 한다.

이 옛날 이야기들은 여러 사람들의 입으로 전해내려 오는 동안 이야기를 전하는 사람의 관심이나 당시의 사회 경향에 따라 조금씩 이야기가 바뀌기도 하였다. 처음에는 단순한 줄거리였는데 사회가 복잡해지고 인간이 여러 일들을 경험하게 되면서 이야기의 줄거리가 복잡하게 변형되기도 하였다. 독자들이 지루하지 않게 되풀이 들어도 좋은 이야기가 전래동화이다.

창작동화는 작가가 이야기를 의도적으로 만든 것으로, 작가의 독창적인 작품이다. 이것을 순수예술 동화라고도 한다. 그러나 창작동화 중에도 전래동화를 바탕으로 아주 다른 이야기로 변형 된 것도 있다. 이런 여러 가지 점을 생각할 때, 신화와 전설, 그리고 전래동화는 작가들의 이야기의 소재의 보물창고 이다.

환타지의 세계

(1) 동화세계는 시적인 환상과 초자연적인 공상의 세계를 그리는 환타지의 세계이다.

환타지는 아이들의 정서적인 면과 지적인 면을 고려하여야 한다. 또 역동적인 점도 생각하여야 한다. 사실 우리는 모두 꿈을, 환상을 쫓고 있다. 아름다운 세계에 대한 꿈, 하늘나라에 대한 꿈, 바다 밑에 대한 호기심에서 이야기가 만들어진다. 하늘을 무대로 한 「잭크와 콩나무」라든지 바다를 무대로 하는 「별주부전」등의 이야기가 나오게 된다. 인간의 꿈은 끝이 없다. 알고 싶은 것이 너무 많다. 그러나 다 알 수 없으며, 또 풀 수 없는 수수께끼 같은 일이 얼마나 많은가? 인간이 죽은 후에 있게 될 세계에 대한 풀 수 없는 수수께끼, 이런 이유로 귀신의 이야기와 염라대왕의 이야기가 나오게 된다.

알 수 없는 세계, 미지의 세계에 대한 상상에서 환타지의 세계가 창조되는 것이라고 본다. 어린아이는 환상의 세계에 들어가서 그 세계의 일부가 될 수 있다. 어떤 때는 어린아이는 현실보다도 현실이 아닌 환상의 세계를 더 사실적으로 느낄 수도 있다.

그러나 이러한 환상의 세계도 현실을 바탕으로 하여야지 사실적인 것을 벗어나면 허무맹랑한 이야기가 된다.

(2) 환타지 세계의 인물들

환타지의 세계에 등장하는 인물들은 인간, 동물, 식물 등 초자연적인 어떤 것일 수 있다. 또는 장난감이나 인형이 주인공이 되기도 하고 인간친구들과 말을 하기도 한다. 이렇게 환타지의 세계에는 무엇이든지 등장할 수 있으나, 중요한 것은 성격을 부여하는 일이다. 장미나 토끼도 등장인물이므로 성격을 지닌 인물로 창조되어야 한다.

그리고 무생물보다는 생물이, 식물보다는 동물이 좋다, 그 이유는 움직이지 않는 것보다는 움직이는 인물이 이야기에 활력을 줄수 있기 때문이다. 그러나, 움직일 수 없는 식물이나 물체라도 움직이거나 말을 하게 하여 이야기의 생동감을 줄 수 있게 꾸미는 것이 좋다. 접시는 말을 할 수도 움직일 수도 없다. 그러나 접시가 날아다니며 노래를 부른다면 재미있는 장면이 된다. 「이상한 나라의 앨리스」에서는 장미가 말을 한다. 앨리스가 여왕을 찾아 달려갔을 때, "반대쪽으로 가 보세요."하고 장미꽃이 말한다.

(3) 환타지 세계로 가는 길

환타지의 세계로 들어가는 가장 흔한 방법이 꿈의 형식을 빌리는 것이다. 그러나 너무 흔한 방법이라 재미가 없다. 현실과 환타지의 세계를 가르는 방법에는 여러 가지가 있다. 「잠자는 숲 속의 공주」에서는 가시덤불이 비현실의 세계로 들어가는 길목에 자리잡고 있다. 많은 왕자들이 가시덤불을 헤치고 공주가 잠자는 곳에 가려고 했으나 실패해서 죽기도 한다. 이것은 재미있는 비유인데, 아무나 환상의 세계에 들어갈 수 있는 것은 아니다라는 뜻이 숨겨져 있다. 또 너무 환상에만 빠져 있으면 자칫 자기를 잃어버릴 위험도 있다는 뜻이다.

스위프트의 「걸리버 여행기」는 바다로 항해하면서 환타지의 세계로 들어간다. 아이들은 항상 어른 보다 작다. 동생은 항상 형보다 작다. 형보다 더 크고 싶어하는 동생이 아무리 많이 밥을 먹어도 형보다 커지지 않아서 실망한다. 그런 어느 날 자기보다 작은 이의 나라로 간다면 얼마나 좋을까 하고 생각할 수 있다. 작은아이가 작은 이의 나라에서 겪는 일이 얼마나 환상적일까? 어른이 사다리를 타고 올라와서 이야기를 해야 하고, 또 누구랑 싸워도 이길 수 있다. 이 책의 공상의 세계를 아이들은 좋아한다. 걸리버가 작은 이의 나라에서 겪은 일을, 똑같이 거인의 나라에서는 거꾸로 위험하고 이상한 상황에 빠진다는 것이 아이들에게는 신기하고도 재미있게 보인다.

4. 설화세계, 이야기 탐색

신화, 전설에서 동화 창작의 소재를 찾아보기로 하겠다

임금님 귀는 당나귀 귀

임금님의 귀는 당나귀 귀의 주인공인 경문대왕은 신라 48대왕이다. 왕이 되기 전의 이름은 응렴공이다. 응렴은 18세에 국선(國仙=화랑)이 되었다. 당시 왕이었던 현안대왕은 화랑들을 불러 궁중에서 잔치를 베풀었는데, 20세였던 응렴이 그 잔치에 초대되어 갔었다.

왕이 응렴에게 묻기를, "낭은 국선이 되어 여러 곳을 돌아다녔을 터인데, 무슨 이상한 일을 본적이 있는가?"하였다.

응렴이 대답하기를 "신은 아름다운 행실이 있는 사람 셋을 보았습니다."

"그 이야기를 들려주게"

"첫째는, 다른 사람의 윗자리에 있을 만한 사람이면서도 겸손하여 남의 밑에 있는 사람이 그렇다고 생각합니다. 두 번째는 세력 있고 부자이면서도 옷차림이 검소한 사람입니다. 세 번째는 귀하고 세력이 있으면서도 그 위세를 보이지 않는 사람이 그렇다고 생각합니다."

왕은 그 대답을 듣고, 응렴의 어진 성품을 알아보았다. 또한 대답에 감동하여, 자기도 모르게 눈물을 떨어뜨리며 말했다.

"나에게는 두 딸이 있는데, 낭의 시중을 들게 하겠네."

낭은 절을 하고 머리를 굽히고 그 자리에서 물러 나왔다. 집으로 와 그 사실을 부모님께 말하니, 놀라고 기뻐하면서 가족들을 모아 의논을 하였다.

"왕의 맏 공주는 얼굴이 매우 초라하고 둘째 공주는 매우 아름다우니, 둘째 공주에게 장가가는 것이 좋겠다."라고 하였다.

얼마 후, 응렴을 따르는 화랑의 무리 중에 첫째가는 범교사라는 사람이 그 소식을 듣고 찾아와 낭에게 물었다.

"대왕께서 공주를 낭의 아내로 주고자 한다는데 정말입니까?"

"그렇습니다."

"낭은 어느 공주에게 장가를 가겠습니까?"

"부모님께서 나에게 둘째 공주가 좋다고 하셨습니다."

"낭이 둘째 공주에게 장가를 가신다면, 저는 낭의 앞에서 죽겠습니다. 만약, 첫째 공주에게 장가를 가신다면 반드시 세가지 좋은 일이 있을 것이니 잘 생각해 보십시오."

"그대의 말을 듣겠습니다."

며칠 후, 왕은 날을 택하여, 응렴에게 사신을 보내어 물었다.

"두 딸 중에 낭의 생각에 따라 결정하십시오."

사신이 돌아와 낭의 생각을 왕에게 아뢰었다.

"맏 공주를 맞이하겠다고 합니다."

그 후, 세 달이 지났을 때. 왕이 위독하여 여러 신하들을 불러 말을 하였다.

"내게 아들이 없으니, 죽은 후에 당연히 맏딸의 남편인 응렴이 계승해야 할 것이다."

이튿날, 왕이 세상을 떠났다. 응렴은 왕의 유언을 받들어 왕위에 올랐다. 그러자, 범교사가 왕에게 와서 아뢰었다.

"제가 아뢰었던 세가지 좋은 일이 지금 모두 이루어졌습니다. 첫째 공중에게 장가를 들었으니 이제 왕위에 오른 것이 그 하나입니다. 또 흠모하시던 둘째 공주도 맞아들일 수 있으니 그것이 두 번째입니다. 그리고 맏공주에게 장가를 들어서 왕께서 매우 기뻐하시게 된 것이 세 번째입니다."

왕은 그 말을 고맙게 생각하여 대덕이란 벼슬과 상금으로 금 일백 삼십량을 주었다. 왕이 세상을 떠난 후에 시호를 경문이라 하였다.

경문왕의 이야기는 이외에 또 다른 이야기들이 있다. 뱀과 함께 자는 왕이었다.

왕의 침실에는 매일 저녁이면 많은 뱀들이 모여들었다. 침실을 돌보는 나인들이 놀라고 두려워 뱀을 쫓아내려 하였다. 왕이 이르기를

"나에게 만약 뱀이 없으면 편안히 잘 수 없으니 쫓아내지 말아라"

왕은 잠을 잘 때마다 언제나 뱀처럼 혀를 내밀어, 그 혀가 온 가슴을 덮었다.

또 이런 이야기로 유명하다.

응렴이 왕위에 오르자, 왕의 귀가 갑자기 길어지기 시작하여 나귀의 귀처럼 길게 되었다. 왕비와 나인들도 모두 알지 못하였다. 딱 한사람만이 그것을 알고 있었다. 바로 머리에 쓰는 두건을 만드는 사람이었다. 그러나 두건을 만드는 사람은 그것을 절대 말하지 않았다. 그러나 두건쟁이가 죽으려 할 때에, 도림사의 대나무 숲 속에 사람이 없는 곳으로 가서 대나무에게 외쳤다.

"임금님의 귀는 나귀 귀처럼 생겼다."

그 후 바람이 불면 대나무 숲에서는 소리가 났다.

<임금님의 귀는 나귀 귀처럼 생겼다.>

왕은 이 소리를 싫어하여 대나무를 베어버렸다. 그리고 그 자리에 산수유나무를 심었더니, 이번에는 바람이 불면, <임금님의 귀는

기다랗다>라는 소리만 퍼졌다.

생각해 보기

이 이야기에서 인물의 성격에 주목하여 볼 수 있다. 응렴, 두 건을 만드는 사람, 범교사, 세 인물을 분석하여 보면 어떻게 인물을 창조를 할 것인가를 생각해 볼 수 있다.

응렴은 사람을 볼 줄 아는 지혜를 지니고 있는 사람이다. 세상의 아름다운 사람을 발견할 수 있고, 범교사의 말을 따를 줄 아는 지혜를 지녔다. 또 뱀을 부리는 사람이라는 점에서 비범성을 지니고 있는 인물이다.

범교사는 어느 공주와 결혼하는 것이 응렴에게 좋은지를 판단하여, 앞을 내다 본 사람이다. 범교사는 지략적인 인물이다.

두건을 만드는 사람은 경문대왕의 귀가 당나귀인 것을 세상에 알린 사람이다. 이 인물은 심리적 갈등이 많았을 것이라고 추측을 할 수 있다. 이 인물의 심리를 상상하여, 심리를 묘사하여 보는 것도 좋을 것이다.

「벌거벗은 임금님」의 마지막 장면에서 어린아이가 임금님을 보고 "임금님이 벌거벗었네"하고 말하는 것과 "임금님의 귀는 당나귀 귀"하고 대나무에 대고 말한 것과 비교하여 생각해 볼 수도 있다.

작가는 마음속에 품은 것을 말하지 않을 수 없는 사람이다. 어떤 점에서는 작가와 두건을 만드는 사람의 심리적 상황은 비슷하다고 볼 수 있다.

이 이야기의 사건은 재미있고 복잡하면서 특이하다.

이런 점들을 생각하면서 작품을 창작 할 수 있다.

거타지의 꽃

신라의 아찬 양패가 당나라에 사신으로 갈 때에 백제의 해적이 진도에서 길을 막는다는 말을 듣고, 궁수 50명을 뽑아서 그를 따르게 했다. 배를 타고 가다가 곡도에 이르러서 풍랑이 크게 일어났으므로 10여일 동안이나 그 섬에 머무르게 되었다. 양패는 이것을 근심하여 사람을 시켜 점을 치게 하였다.

"섬에 신의 연못이 있으니, 그 곳에 제사를 지내야 좋습니다."

그래서 연못에 제물을 차려놓고 제사를 지내니, 연못의 물이 한 길이나 높이 솟아올랐다. 그날 밤 꿈에 한 노인이 나타나 양패에게 말했다.

"활 쏘는 이 한 사람을 이 섬에 남겨두면 배가 순풍을 얻을 수 있습니다."

양패는 깨어난 후, 이 꿈을 이야기를 하며 물었다.

"누구를 남겨 두는 것이 좋겠는가?"

"나무 패 50조각에 저희들의 이름을 하나씩 써서 뽑아야 할 것입니다."

양패가 이 말에 따라 그대로 하였다. 군사 중에 거타지라는 사람이 있었는데, 그 이름이 물 속에 가라앉아, 그 사람이 뽑히었다. 거타지를 섬에 남겨두니, 순풍이 일어나 배는 떠났다.

거타지가 근심에 싸여 섬에 있으니, 갑자기 한 노인이 연못으로부터 나와 말했다.

"나는 서쪽 바다의 신인데, 매일 한 중이 해가 뜰 때면 하늘에서 내려와 타라니주문을 외우고 이 못을 세 번 돌면 우리 부부와 자손들이 모두 물위로 뜨게 됩니다. 그러면 중은 한 명의 간을 빼어 먹어 버리곤 합니다. 이제는 오직 우리 부부와 딸 하나만이 남았습니다. 내일 아침에 반드시 또 올 것이니 그대는 활을 쏘아 중을 맞추어 주십시오."

"활을 쏘는 일은 제가 잘하는 일이니, 그 말에 따르겠습니다."

노인은 그에게 고맙다는 말을 하고 물 속으로 들어갔다. 이튿날, 거타지는 숨어서 기다리고 있었다. 동쪽에서 해가 뜨니, 중이 내려와 주문을 외우면서 연못의 늙은 용의 간을 빼려 하였다. 이 때에 거타지가 활을 쏘아 중을 맞히니, 중은 그 즉시 늙은 여우로 변하여 땅에 떨어져 죽었다. 이 때 노인이 연못에서 나와 감사하며,

"그대의 덕을 입어 내 생명을 보전하게 되었으니, 내 딸을 그대의 아내로 드리겠소."

"저에게 따님을 주시고 저버리지 않으시니, 원하는 바입니다."

노인은 그 딸을 한 꽃으로 변하게 하여, 거타의 품속에 넣어 주고, 두 용을 시켜 거타를 받들고 양패의 배에 가게 하였다. 그리고, 그 배를 호위하여 당나라에 이르러 들어가게 하였다.

당나라 사람들은 신라의 배를 두 용이 받들고 오는 것을 보고 사실대로 황제에게 아뢰었다. 황제는 말했다.

"신라의 사신은 정말 비상한 사람이다."

그리고 잔치를 베풀고 여러 신하들의 윗자리에 앉히고 금과 비단을 많이 주었다. 신라로 돌아오자 거타지는 꽃을 꺼내어 여자로 변하게 하여 함께 살았다.

<거타지> 설화는 「심청전」의 근원설화이다. 「심청전」에서 심청이가 용궁에서 연꽃으로 되어 바다 위에 떠오른다. 뱃사공들이 연꽃을 왕에게 갖다 바치고, 왕은 연꽃 속에서 나온 심청이를 보게되고 심청이는 왕비가 된다. 꽃에서 인간으로의 변신한다는 것이 유사한 모티프이다. 변신하는 이야기들이 동화세계에도 많이 차용되고 있다.

영화 <용가리>는 소재에서 외국의 다른 작품들과 유사하여 우리 것의 특이성이 없다. <거타지>설화를 차용한다면 특이한 이야기를 만들 수 있다. 꽃으로 변한 여인의 이야기, 그 꽃의 여인과 결혼하기까지 여러 장애를 물리치는 거타지의 이야기는 재미있는 이야기 소재가 된다. 거타지가 늙은 여우를 물리치는 장면을 스펙타클한 장면으로 그릴 수 있다.

<거타지>를 소재로 하여, 인물, 사건을 다시 작품을 구상하여 볼 수 있다.

지하국대적퇴치설화

옛날에 지하국에 사는 아귀가 지상세계에 나타나 왕의 세 공주를 잡아갔다. 한 선비가 공주를 구출하겠다고 하였다. 몇 사람의 부하를 데리고 지하국의 입구를 찾았으나 찾을 수 없었다. 마침 꿈에 산신이 나타나서 지하국의 입구를 가르쳐 주었다. 입구에 이른 선비는 부하는 지상에 남겨 두고 광주리를 타고 혼자 지하국에 내려갔다. 우물 물가 나무에 숨어있던 선비는 공주가 물을 길러

나온 것을 보았다. 공주를 구하러 왔다는 이야기를 하고 공주와 아귀의 집으로 몰래 숨어들었다. 세 공주는 지하국의 괴적에게 독주를 먹여서 취해 잠들게 하고, 선비는 그 힘의 근원이 되는 옆구리의 비늘 두 개를 없애버리고, 그 목을 잘라 죽여버렸다. 세 공주를 구한 선비는 공주를 하나씩 광주리에 태워서 올려 보냈다. 세 공주가 지상으로 올라가고 나서는 부하들이 광주리를 내리지 않았다. 선비는 지상으로 올라오지 못하였다. 부하들은 궁으로 돌아가 자기들이 공주를 구했다고 하였다. 왕은 부하들을 공주들과 결혼시키려고 하였다.

그런데 지하에 있던 선비는 산신의 도움으로 말을 타고 지하를 벗어나 땅 위로 올라 왔다. 궁으로 달려가서 모든 것을 이야기했다. 왕은 선비와 공주를 결혼하게 했다.

생각해 보기

지하국 대적 퇴치 설화(地下國大賊退治說話)는 「금방울전」의 근원설화이다.

선비는 지하의 무서운 아귀와 대결하여 공주를 구했으므로 이런 이야기를 영웅설화라고 한다. 다른 영웅설화도 조사하여 보고, 서양의 설화에서 탑에 갇힌 공주를 구하는 이야기와 비교하여 논의하여 봅시다. 선비가 지하에 갇혀 땅으로 올라 나올 수 없게 되었을 때, 이러한 어려운 일을 도와주는 산신령같은 인물이 동화나 고대소설에는 등장한다. 현대문학에서는 고난을 도와주는 인물이 초현실적이고 합리적이 아니라고 생각하여 이러한 신비스런 인물은 등장하지 않는다. 그러나 초현실적인 인물이 아니더라도 친구나 형들이 도움을 주는 인물로 등장할 수 있다.

결말에서 공주를 구한 인물이 공주와 결혼하는 결말에 대해서도 토론하여 봅시다.

누가 진짜냐?

어떤 서생이 삼 년 동안 절에서 공부를 하다가 집으로 돌아왔다. 오래 만에 집에 돌아와 보니, 집에는 자기와 똑 같은 사람이 있었다. 아버지와 어머니는 똑 같이 생긴 두 사람을 보고 놀라, 멍하니 두 사람을 번갈아 보았다. 서생은 자기가 진짜라고 말하였다. 그랬더니 집안에 있던 사람도 똑같이 따라 하였다. 얼굴도 말하는 것도 같아 아버지와 어머니는 어느 쪽이 진짜 아들인지 알 수 없었다. 어렸을 때 있었던 일을 물어 보아도 두 사람이 똑같이 알아맞추었다.

그러자 아버지가 그릇과 숟가락이 몇 개이냐고 물었다. 가짜는 하나도 틀리지 않고 꼭 맞추었다. 그러나 서생은 절에서 공부하느라고 집을 떠나있었기 때문에 알 수가 없었다. 알아 맞추지 못한 서생은 집에서 쫓겨났다. 서생은 고생하며 여기 저기 다니다가, 어느날, 길을 가고 있는데, 늙은 중을 만났다. 늙은 중이 얼굴에 근심이 있으니 무슨 일이냐고 물었다. 서생이 집에 자기와 똑 같은 사람이 있더란 말과 쫓겨난 이야기를 하였다. 그러자 늙은 중은

"절에서 공부할 때 손톱이나 발톱을 깎아서 아무렇게나 버린 일이 있소?"

하고 물었다.

"네, 바로 절간 앞에 시냇물이 흐르고 있었는데 그 곳에서 세수하고, 옆에 바위에 걸터앉아서 손톱도 깎고 발톱도 깎은 일이 있습니다."

그러자 늙은 중은 고양이 한 마리를 가지고 집으로 가서 그 가짜 앞에 내 놓으라고 하였다. 서생은 늙은 중의 말대로 고양이를 몰래 가지고 집으로 돌아왔다. 집안 식구들이 놀래서 쫓아내려고 하였다. 그 때 가짜가 마당으로 나왔다. 그러자 서생이 숨겨 온 고양이를 내 놓았더니 가짜는 얼굴이 파랗게 변하였다. 고양이가 달려들어 가짜를 물자, 땅 바닥에 쓰러졌는데, 보니 들쥐였다. 들쥐는 서생이 버린 손톱과 발톱을 먹고 그대로 서생과 똑같이 변하였던 것이다.

생각해 보기

이와 비슷한 이야기로 <쥐 설화> <쥐의 둔갑> <네가 누구냐?>등이 있다. 이러한 이야기를 <둔갑설화>라고 한다. 이 <둔갑설화>는 「옹고집전」의 근원설화이다.

이 이야기는 심리학적인 측면에서 읽어보면 재미있다. 어떻게 똑 같은 또 하나의 <나>가 있을 수 있겠는가? 여기서 가짜를 만난다는 것은 잃어버린 <나>와 마주치는 것이다. 여기서 서생을 사실 진짜 <나>를 찾아다니는 이야기이다. 자기 정체성 탐색의 이야기이다.

또 심리학적으로 자아와 내적 자아의 대립과 갈등으로 해석할 수 있다. 이것은 <나>와 숨겨진<그림자>로 볼 수도 있다. 어린아이의 마음속에 숨겨진 또 다른 자아에 대해 생각하여 보

는 것도 좋을 것이다. 외국의 이야기 중에 사람들의 그림자를
주워서 담는 자루를 가지고 다니는 노파의 이야기도 있다.

도깨비 이야기

형제가 있었다. 형은 부자이면서도 늙은 부모를 가난한 동생에
게 떠맡긴 욕심쟁이였다. 동생은 어느 날 산으로 나무하러 갔다.
나뭇잎을 긁어모으고 있는데, 개암 한 알이 굴러 떨어졌다. 동생은
이것을 주워서, "이것은 아버지 갖다드리자."하며 주머니에 넣었
다. 또 나무를 긁어모으고 있는데 또 개암이 굴러 왔다. "이것은
어머니 드리자."하고 주머니에 넣었다. 다시 나무를 하고 있는데
또 개암 굴러 왔다. "이것은 마누라 주어야지." 또 굴러 떨어져, 이
것은 아들, 이것은 딸, 하면서 주머니에 넣었다. 그리고 또 개암이
굴러 왔다. 이것을 주워서, "이것은 내가 먹자."하고 주머니에 넣
었다. 나무를 하고 있는데 비가 왔다. 비를 피하려고 산 속에 있는
다 쓰러져 가는 집으로 들어갔다. 밤이 되자 도깨비들이 몰려 들
어왔다. 동생은 무서워서 대들보 위로 올라가 숨었다. 도깨비들이
방망이를 두드리며, 술이며 고기, 밥, 떡 등을 나오게 하고는 그것
을 먹으면서 떠들고 놀았다. 이것을 본 동생은 배가 고파 주머니
에서 개암 하나를 꺼내어 깨물었다. 개암이 깨지면서 딱 하고 소
리가 났다. 이 소리를 들은 도깨비들은 이 집의 대들보가 부러지
는 줄 알고 소리 지르며 다 도망갔다. 동생은 대들보에서 내려와
남은 음식을 먹고 도깨비 방망이를 가지고 집으로 왔다. 동생은
도깨비 방망이를 두드리며 "밥 나와라 뚝딱, 옷 나와라 뚝딱, 금

나와라 뚝딱, 은 나와라 뚝딱" 하고 두드리며 원하는 것을 말했다. 이렇게 동생은 좋은 집도 생기고 부자가 되었다.

동생이 부자가 되었다는 이야기를 듣고 형은 동생을 찾아와서, 어떻게 해서 부자가 되었느냐고 물었다. 동생은 이렇게, 이렇게 하였다고 말하였다. 그 말을 들은 형은 산으로 나무를 하러 갔다. 개암 한 알이 굴러 왔다. "이것은 나 먹지."하고 주머니에 넣었다. 또 개암이 굴러 왔다. "이것도 나 먹지." 또 개암이 굴러 왔다. "이것도 나 먹지." 개암이 굴러 오는 대로 "이것도 나 먹지, 이것도 나 먹지."하고 주머니에 넣었다. 비가 오지 않았는데도, 형은 산 속에 다 쓰러져 가는 집으로 들어갔다. 대들보 위에 올라가 밤이 되기를 기다렸다. 밤이 되자 도깨비들이 모여와서 방망이를 두드리며, 술, 고기, 밥을 나오게 한 다음, 먹고 떠들며 놀았다. 이것을 본 형은 대들보 위에서 개암 한 개를 꺼내 깨물었다. 도깨비들은 개암 깨지는 소리를 듣고 "저번에 우리 방망이를 훔쳐간 놈이 또 왔나 보다. 그 놈을 잡아서 혼내주자."하고는 대들보에 숨어 있는 형을 찾았다. 대들보에서 끌려 내려 도깨비들 앞으로 나갔다. 도깨비들은 "이놈, 너 혼 좀 나 봐라"하면서 형을 때렸다.

생각해 보기

이와 비슷한 도깨비 이야기는 많이 들었을 것이다. 이런 비슷한 이야기들을 비교하는 것을 소재 비교 연구, 소재비평이라 한다. 도깨비 이야기 중에서도 <혹부리 영감>이야기가 많이 알려져 있다. 이런 욕심쟁이 이야기는 「흥부와 놀부」의 근원설화이다. 여기 나오는 인물은 선인과 악인의 대립적인 성격으로 전형적인 인물이다. 사건이 반복적으로 진행되면서 성격으로 인해서 선택이 달라지고 상황이 변하고 불행한 결말을 맺게 된다. 이렇게 인물의 성격이 사건을 변화시키고 인간의 운명에 원인이 되고 있다는 것을 배울 수 있다. 그리고 다른 사람에게 좋은 일이 생겼다고 자기도 똑 같이 따라하는 것을 어떻게 생각하는가? 현대에도 이런 일이 되풀이되고 있다고 본다.

제 2 장 아동문학 창작기술

1. 작가정신

첫째, 작가가 되려면 작가정신이 투철해야한다. 작품의 주제의식에 작가의 정신이 담겨 있다.

둘째, 하고 싶은 말이 있어야 한다. <임금님의 귀는 당나귀 귀>하고 외쳐야 한다. 이 말은 작가는 꼭 하고 싶은 말이 있어야 한다 것이다. 도저히 마음속에 묻어둘 수 없는 말이 있어야 한다. 누구에게 인가 말해 주고 싶은 이야기가 있어야만 한다.

셋째, 여러 가지 방법으로 변장을 할 줄 알아야 한다. 계략을 꾸밀 줄 아는 사람이어야 한다. <백설공주>의 계모는 백설공주를 속이기 위하여 여러 모습으로 변장을 한다. 백설공주의 계모처럼 독자를 사로잡을 수 있게 온갖 방법으로 꾸밀 줄을 알아야 한다. 작가가 매번 비슷한 방법으로 이야기를 만들어 내면 재미가 없다. 그 작가의 작품은 흥미가 없어진다. 이야기를 어떻게 꾸밀 것인가를 생각할 줄 알아야한다.

넷째, <천일야화>에 보면 왕비가 매일 밤마다 하나씩 이야기를 한다. 왕은 하루 밤만 지나면 왕비를 죽이려고 했는데, 이야기가 재미있고 궁금해서 그 이야기를 끝날 때까지 왕비를 살려둔다. 그렇게 천 일 동안이나 이야기를 하게 된다. 이것은 작가는 생명을 걸고 최선을 다하여 좋은 작품을 써야 한다는 말이다.

다섯째, 꿈을 꿀 줄 알아야 한다. 동화를 최고의 문학양식이라고 보았던 노발리스의 「하인리히 폰 오프터딩엔」에 보면, 꿈을 기억할 수 있는 사람이 예술가가 된다.

여섯째, 아동문학 작품을 창작하려면 아이처럼 생각하여야 한다.

2. 작품의 구상

동화나 아동소설은 이야기만 가지고 쓰여지는 것이 아니다. 구체적으로 사건의 짜임새가 있어야 하고, 인물이 어떤 성격을 가지고 움직일 때만이 살아있는 작품이 된다.

학생들이 쓴 작품을 보면, 제일 잘 하는 것이 이야기를 만드는 것이다. 그러나 그것은 줄거리일 뿐이다. 마치 긴 소설의 줄거리를 간단하게 소개한 것 같다. 그것은 그 이야기를 사건으로 만들지 못했기 때문이다. 그 중에서 특히 인물을 창조하는 부분에는 가장 약하다.

창작시간에 글을 쓰라고 하면, 어떤 학생은 어떻게 쓸까 하고 엎드려서 생각하는 학생이 있다. 또 어떤 학생은 먼 곳만 바라본다. 그 곳에는 칠판밖에 없다. 무슨 생각하니? 하고 물어보면, 제목을 무엇으로 할까 정하지 못했어요. 하고 대답하는 학생도 있다. 그냥 먼저 써 봐, 하였더니, 그 학생은 "저는 제목을 먼저 정해야만 글을 쓸 수 있어요."하고 대답하였다. 어떤 사람은 작품을 다 쓰고 난 후에야 제목을 정하는 경우도 있다. 이렇게 작가들마다 글을 쓰는 방법이 다르다. 대부분은 작가들은 어떤 이야기를 쓸것인가를 먼저 생각하게 된다. 그리고 그 이야기에 맞는 주제를 생각한다. 또 이야기의 틀도 구체적으로 짜여져 사건을 만들게 된다. 그렇게 시작하다 보면, 인물의 성격도 확실하게 떠오르게 된다. 그러나 어떤 경우는 처음에 생각했던 인물이 바뀌는 경우도 있다. 또는 우연히 만난 어떤 사람에게서 재미있는 느낌을 받으면, 그 사람을 주인공으로 하는 이야기 거리가 떠오르게 되는 경우도 있다.

<무엇을 쓸 것인가? 어떻게 쓸 것인가?>

(1) 무엇을 쓸 것인가는 작가가 무엇을 생각하고, 무엇을 작품에 담을 것인가 하는 문제이다. 이것은 작품의 주제를 의미하며, 작가의 사상, 인생관, 세계관 등의 작가의 정신을 말하는 것으로 작품의 내용이다.

(2) 어떻게 쓸 것인가는 작가의 생각을 어떤 그릇에 담아서 어떻게 보여주는가 하는 문제로 그 작품의 예술성이 드러난다. 이것은 구성, 시점, 문체 등의 형식적인 면을 의미한다.

3. 주제

첫째, 주제는 명확해야 한다.

'인류애' '물질 문명 비판' '자연의 회복' 등 거창한 주제는 피한다. 이러한 주제를 쓰고 싶다하더라도 광범위한 주제를 피하고, 주제의 범위를 좁혀서 보다 구체적으로 생각하여야 한다. 주제가 거창하면 주제에 깔려서 작가가 스토리를 재미있게 꾸밀 수가 없다.

작가가 말하고자 하는 것이 있어야 한다. 작가가 말하고자 하는 것이 없으면서 이야기만을 쓰면 속 알맹이가 없는 이야기가 되어 예술적인 가치가 없다. 독창적인 생각이 없으면 독자에게 감동을 줄 수 없다.

둘째, 주제는 보편성이 있어야 한다.

셋째, 주제는 독창적이어야 한다.

주제에는 작가의 사상과 인생관이 담겨 있다. 환상세계의 이야기에도 작가의 정신이 담겨있다.

이러한 주제를 말로 해서는 안 된다. 그러면 주제를 어떻게 나타낼 것인가? 주제는 이야기 속에 묻어 있어야 한다. 사건의 구성과 인물의 행동을 통해서 주제가 자연스럽게 나타나야 한다.

<동생을 사랑해야 한다>라는 주제로 택했다고 하자, 독자들은 작가가 "동생을 사랑해야 한다."라고 말하는 것을 읽는 것은 아무런 감동이 없다. 작가의 말을 들으려고 책을 읽는 것이 아니다. 작가는 <동생을 사랑해야 한다>는 것을 독자들이 느낄 수 있게 써야 한다. 그러니까 이야기 속에 형을 등장시켜 동생을 괴롭히고 동생

을 미워하는 일이 벌어져야 한다.

형이 동생에게 나쁘게 하는 것을 직접 글 속에서 보아야 한다. 동생의 것을 빼앗고, 혼자만 맛있는 것을 배불리 먹으려는 형을 그려야 한다. 예를 들어 놀부가 흥부의 것을 빼앗고도 내쫓는 것을 보고 독자들은 나쁜 놈하고 욕하게 된다. 쌀을 얻으러 온 동생의 뺨을 밥주걱으로 때려서 뺨에 붙은 밥알을 떼어먹는 흥부를 볼 때, 독자의 감정이 움직이고 감동되어서 동생에게 그렇게 하는 것은 나쁘구나 하고 배우게 된다.

보편적이고 독창적인 주제를 구체적으로 어떻게 써야 할까?

(1) 주제는 아이들에 맞게 써야 한다. 그러나 어린아이가 읽는 작품이라고 해서 단순하고 유치한 주제만을 써서도 안 된다. <동생을 사랑해야 한다>라는 주제는 사실 너무 단순하지 않을까? 이 말은 하루에도 몇 번씩 어머니와 할머니에게서 듣는 말이다.

작가가 심오한 주제를 쓰더라도 아이들은 자기네들의 지적인 수준에 맞게 선택하여 이해하게 된다. 어린아이라고 너무 어리게만 생각하는 것은 좋지 않다. 아이들은 책을 읽을 때 아이들 나름대로 알맞게 이야기를 이해한다. 어른들이 생각할 때에는 작품에 나오는 복잡한 사건이나 어려운 의미를 아이들이 어떻게 이해하겠느냐고 하지만 꼭 그런 것은 아니다. 스위프트의 「걸리버 이야기」는 아이들에게는 재미있는 이야기이다. 그러나 어른들은 당시 영국사회를 풍자한 것으로 해석한다. 달걀을 이쪽으로 놓느냐? 다른 쪽 끝으로 놓느냐 하고 싸우는 것이 어린이는 재미있을 뿐이다. 어린이 독자가 성장하면서 그 책의 의미를 더 발견할 수 도 있다. 그만큼 인생의 경험을 넓혀 가는 것이다.

(2) 아동문학에도 철학적인 주제를 담을 수 있다.

아이들은 강아지가 죽었을 때, 막연하게 죽음에 대해 생각하게 된다. 특히 죽음의 문제는 조심스럽게 다루어야 한다. 아이들은 할아버지 할머니의 죽음이나 강아지의 죽음이나 다 똑같이 마음의 상처를 받는다. 어떤 아이는 할머니가 죽었을 때는 그렇지 않아도, 강아지가 죽었을 때는 밥도 먹지 않고 학교도 가지 않으려고 한다. 아이와 함께 마음을 나누며 놀던 강아지의 죽음으로 갑자기 어떤 상실감을 느끼기 때문이다. 이런 문제들은 긍정적으로 받아들일 수 있도록 도와주어야 한다.

(3) 아동들의 내면세계를 찾아내어 주제로 구체화하는 것이 좋다.

아이들도 사랑과 좌절과 슬픔을 알고 있다. 「인어공주」는 사랑의 아픔을 누구보다도 심각하게 겪는 주인공이다. 사랑한다는 말조차 할 수 없는 그 마음을 아이들은 이해하고 같이 슬퍼한다.

(4) 아이들의 정서에 어울리고 공감을 느낄 수 있는 주제여야 한다.

「미운 오리새끼」 이야기는 아이들의 공감을 얻을 수 있는 주제이다. 보통의 아이들은 자기 자신이 못생겼다고 생각한다. 자기가 예쁘지 않다는 것 때문에 괴로워하는 아이들이 많다. 그런데 미운 오리새끼가 우아한 백조로 변하는 것을 보고, 자기도 그렇게 될 수도 있다는 희망을 갖게 된다. 자기가 못생겼다고 생각하는 것, 이것은 보통 있는 일이기에 많은 독자들의 공감을 받을 수 있다. 대부분의 사람은 자기가 못났다고 생각하고 자신감도 없다. 이렇게 공감을 받기에 「미운 오리새끼」는 어른이 되어서도 자주 대화 속에 인용된다.

(5) 주제는 긍정적이어야 한다.

「오즈의 마법사」에서 뇌가 없는 허수아비, 심장이 없는 양철 나무꾼, 용기가 없는 사자는 자기가 없는 것을 달라고 하려고 오즈의 마법사에게 간다. 그러나 가다가 자기들 스스로 찾게 된다. 이들이 길을 가다가 어려운 일을 당하였을 때, 허수아비가 꾀를 생각해 내어 죽을 번했다가 살아난다. 작가가 '모든 것은 자기의 노력으로 스스로 얻을 수 있다.'라고 말을 하면 재미없어진다. 이렇게 스스로 어려운 일을 해결하는 것을 보여주어야 한다.

<주제와 소재>

사람들은 보통 주제가 좋다 또는 나쁘다라고 말한다. 주제가 그 작품의 질을 판단하는 잣대처럼 이야기한다. 그러나 꼭 그런 것이 아니다. 주제가 심오하고 교육적이라 하더라도 이야기가 형편없거나 전혀 읽을 마음이 들지 않는 작품도 있다. 독자들이 읽어서 받는 감명은 주제 다음으로 중요한 것이 소재이다. 아니 주제와 소재는 똑같이 중요하다. 그 주제를 어떤 이야기에 담느냐에 따라 주제가 살아날 수도 있고, 우스꽝스러운 표어처럼 들릴 수도 있다.

가장 좋은 주제는 잊혀지는 것이다. 이 말은 역설적이다. 이야기 속에 아주 녹아서 주제를 생각할 필요가 없어야 한다. 생떽쥐 베리의 「어린 왕자」는 이야기가 재미있어서 독자들이 기억하는 것이지, 주제가 좋아서 「어린 왕자」를 좋아하는 것이 아니다. 주제가 무엇인지 몰라도 「어린 왕자」를 좋아하다 보면, 자연스럽게 우주에 대한 사랑, 뱀과 여우의 사랑, 우주 비행사와 어린 왕자의 사랑이 마음속에 스며들게 된다. 이렇게 인간의 관계와 우주의 사랑을 배우게 된다.

다니엘 데포의 「로빈슨 크로스」는 많은 독자들이 좋아하여 인기가 있었다. 그러자 그런 바다를 모험하는 비슷한 이야기들이 많이 만들어졌다. 무인도에 버려진 사람들이 많아졌다. 그러나 지금 독자들이 읽고 있는 작품은 「로빈슨 크로스」뿐이다. 다른 작품을 흉내내는 것은 쓸모 없는 일이다. 설화나 전설에서 이야기의 소재를 빌려왔다 하더라도 그 이야기를 꾸미고, 해석하는 관점이 자기만이 생각해 낸 독창성이 있어야 한다. 작가는 다른 작품을 모방해서는 안 된다. 안델센이나 세익스피어도 전설을 소재로 하여 불후의 명작을 창작하였다.

아무리 평범한 주제라도 어떻게 표현하느냐에 따라 효과를 얻을 수 있다. 독자들은 재미없으면 읽지 않는다. 그 이야기를 어떻게 쓰느냐, 또 어떻게 표현하는가에 작품의 성공이 달려있다.

4. 소재

아이들이 좋아하는 이야기는 무엇일까?

아이들이 읽는 책의 소재는 다양하다. 동물의 세계를 그릴 수도 있고, 초현실적이고, 환상적인 이야기를 쓸 수도 있다. 영웅들의 이야기 또는 평범한 친구들의 이야기도 있을 수 있다. 이런 이야기들을 어떻게 쓰느냐가 중요하다. 그런 방법들은 구성, 시점, 문체에 따라 다르게 표현될 수 있다.

아이들은 이상한 것, 아름다운 것에 대한 호기심이 많다. 어린아이만이 그런 것이 아니라 인간은 누구나 이상한 것과 아름다운 것에 관심이 많다.

<이야기 소재 찾기>

이야기 거리를 어떻게 찾을까?

첫째, 작가가 어렸을 때 경험했던 일들이 좋은 소재가 될 수 있다.

작가가 어렸을 때 경험했던 일 중에서 기억에 남는 이야기, 어렸을 때의 친구의 이야기, 또는 꿈속에 있었던 일은 모두 이야기 거리가 될 수 있다. 또 어떤 것을 처음 봤을 때의 신기함을 기억하고 있을 것이다. 그 때의 기분을 되살려야 한다.

둘째, 아동문학 작가는 아이들이 노는 것을 자세히 관찰하여야 한다. 아이들이 하는 말이나 아이들이 선택하는 행동에서 이야기 거리를 찾을 수 있다. 또 아이들의 심리도 알아두어야 한다. 아이들은 어른과 달리 작은 일에도 많은 마음의 상처를 받고, 또 아주 심각하게 생각한다는 사실도 유의하면 사건을 꾸밀 때에 도움이 된다.

셋째, 어른의 경험을 아이들이 처음 경험하는 새로운 이야기로 바꿀 줄 알아야 한다.

아이는 사람이 아닌 다른 존재라고 생각하지 말자. 어른도 아이였을 때가 있었다. 어른의 과거가 아이였듯이, 아이의 미래가 어른이다. 인간은 누구나 미래에 대한 호기심이 있다. 그러니까 아이도 어른들의 세계에 대해 궁금해한다는 것이다. 어른의 세계도 좋은 이야기 거리가 될 수 있다. 그러나 반드시 아이의 마음에서 어른을 보아야 한다.

이렇게 선택한 이야기의 소재에 어른이 되어서 풍부해진 인생의 경험을 합치면 된다. 어른의 경험을 아이들의 마음으로 바꿀 수 있어야 한다.

필자가 처음 「오즈의 마법사」를 읽었을 때 신기함을 느꼈었다. 도로시가 오즈의 마법사를 만나러 가는 길에서 처음에는 허수아비를 만난다. 허수아비는 뇌가 없다고 말한다. "내 머리 속에는 뇌가 없기 때문에 아무 것도 모른단다."하고 말해서 같이 오즈의 마법사에게 가려고 한다. 그 다음에는 양철나무꾼을 만난다. "기름을 가져 와서 내 몸에 좀 쳐주시겠어요. 관절이 녹슬어서 움직일 수가 없거든요." 몸을 움직일 수 있게 된 양철나무꾼은 도로시가 오즈의 마법사를 만나러간다는 것을 알고 <심장>을 갖고 싶어서 같이 떠난다. 도로시 일행은 한 참 가다가 무서운 사자를 만난다. 그런데 무서운 사자는 겁쟁이였다. 사자는 용기를 달라고 하겠다고 말한다. 필자가 처음 읽었을 때는 허수아비가 <뇌>가 없다고 말하는 것을 단순히 재미있게만 읽었다. 허수아비는 머리가 없는 것이 당연하지 작가는 이상한 생각을 참 잘하는구나 하고 생각하였다. <용기>가 없는 사자가 나올 때도 어떻게 그런 생각을 할까, 하면서 읽었다.

그런데 어른이 되어 보니 그것들이 참 신기했다. 허수아비는<뇌>가 없고, 양철나무꾼은 <다리가 녹이 슬어서> 움직이지 못한다, 또 <심장>도 없다. 사자는 <용기>가 없다. 이것은 바로 어른의 모습이다. 사람이 늙으면, 다리와 무릎이 삐걱이고 아프다. 그러면 사랑의 마음도 줄어들고, 용기도 없어지고, 생각도 구식이 되어 오히려 편협해진다. 「오즈의 마법사」에 허수아비, 양철나무꾼, 사자는 바로 어른이 된 후의 모습이다. 이렇게 용기가 없어진 어른의 모습을 아이들의 이야기 거리로 바꾼 것이다.

다섯째, 소재를 선택하면, 그것에 대해 정확한 지식을 지녀야 하고, 풍부하게 이해를 해야한다. 동물을 등장시키려면 그 동물에 대해 많은 이야기를, 정확하게 알아야 한다. 곰을 등장시키려면 곰의 속성, 습관을 알아야 한다. 잠을 잘 때는 어떻게 자는지, 밥을 먹을 때는 어떻게 먹는지를 알아야만 틀리게 쓰지 않는다. 곰이 밥을 먹는 것을 의인화하여 쓴다하더라도, 곰이 밥을 먹는 습관을 바탕으로 변화시켜야 하기 때문이다. 「두루미와 여우」에서 두루미와 여우는 밥을 먹는 방법이 다르기 때문에 우스꽝스러운 장면이 연출되는 것이다. 물론 그 동물들이 접시에 먹지는 않는다. 그러나 그 동물의 속성이 다르다는 것을 정확하게 알았기에 그런 사건을 만들 수 있는 것이다.

과학소설을 쓸 때에도 많은 지식이 필요하다.

소재를 몇 개로 나누어 보면

(1) 환상적인 이야기
아동문학에는 초자연적 세계가 등장하는 작품이 많다. 아이들의 세계에서는 식물, 동물과 대화를 할 수 있다. 동화세계는 이렇게 인간과 동물이 함께 있다.

(2) 모험적인 이야기
아이들 자신이 모험을 하는 이야기는 독자로 하여금 자신들이 그런 모험을 하고 있는 듯한 착각을 하게 된다. 즉 독자는 이야기

속에 몰입되어 독자자신이 모험의 주인공이 된 것으로 생각하고 책을 읽는 동안 즐거움을 느낀다. 모험소설은 흥분과 위험한 사건들이 엉키고 서스펜스를 일으킬 때 독자는 긴장감과 흥분을 느낀다.

(3) 사실적인 이야기

아이들의 생활에서 일어난 일을 읽는 것은 사실적이고 친밀감을 느낄 수 있다. 학교생활이나 가정에서의 일, 또는 형제들의 이야기, 친구들의 이야기는 자신의 모습을 드려다 보는 거울이 될 수 있다. 문학은 현실의 거울이라고 한다.

5. 구성

독자들은 재미있는 책은 몇 번이고 다시 읽는다. 어떤 아이들은 이미 이야기의 내용을 다 알고 있어, 인물들이 말하는 대화까지도 그대로 흉내를 내면서도 또 다시 그 책을 읽는 것을 보았다.

이미 알고 있는 스토리인데도 다시 읽는 이유는 무엇일까?

이것은 읽는 동안 그 사건이 진행되어 가는 것에 빠져들기 때문이다. 그러니까 사건의 구성이 어떻게 되는가 하는 방법, 빠르게 진행되는 이야기와 절정에 이르기까지의 그때그때 일어나는 사건의 긴장감에 따라 독자를 붙잡을 수 있는 매력이 있다.

이야기 거리를 구상한 후에 그 이야기의 사건을 짜야한다. 이것을 구성이라 한다. 대부분 동화에서는 구성은 스토리의 전개와 크게 다르지 않다.

그러나 정확히 구분하여 보면 사건과 이야기는 다르다. 이것을 플롯과 스토리라고 한다.

<구성>

① 왕이 죽었다. 그리고 왕비가 죽었다.
② 왕이 죽었다. 그런 까닭으로 왕비도 슬퍼하다가 죽었다.
③ 왕비가 죽었다. 왜냐하면 왕이 죽었기 때문에 왕비가 슬퍼하다가 왕비도 죽었다.

'왕이 죽었고, 왕비가 죽었다.'는 스토리라고 한다. 이야기가 순서대로 서술되기 때문이다. 그러나 '왕이 죽었고, 그 이유 때문에 왕비도 죽었다.'는 인과관계를 나타내는 서술이므로 플롯이라고 한다. 즉 스토리는 '그리고'가 계속되는 것이고, 플롯은 '왜냐하면' 하고 원인이 나타나는 것이다. ③의 예문은 플롯을 좀 더 복잡하게 시간적 순서를 바꾼 것이다.

<구성의 종류>

구성은 단일한 구성과 복합적인 구성이 있다.

단일한 구성은 중심이 되는 하나의 사건이 전개되는 것을 뜻한다. 아동문학은 구성이 간단한 것이 단일한 효과를 얻을 수 있어 좋다. 단일한 구성이면서 갈등이나 대립적인 요소를 부각시킨다.

복합적인 구성은 여러 갈래의 사건이 엉킨 것이다. 복합적인 구성에는 두 개의 사건이 평행선으로 진행되는 것과 몇 개의 사건이 동시에 전개되는 것도 있다.

스토리가 세 갈래로 얽혀있는 이야기를 예로 들면 어떤 사람이 유물을 찾으러 한 마을에 들어왔다. 아이들은 이상하다고 생각하여 그 사람의 뒤를 쫓고 어른들은 아이들이 없어졌다고 찾아다닌다. <어떤 사람← 아이들 ← 어른들> 이런 구조이면 아이들은 중간에 끼게 되기 때문에 훨씬 독자들이 재미있을 수 있다. 그러나 이런 구성법은 소년소녀 소설에서 쓸 수 있으나 동화에서는 쓰지 않는다. 동화에서는 단일한 구성법을 택한다.

아동문학에서는 간결한 사건이 좋다. 스토리에 필요한 것 이외에는 쓸데없는 사건을 수식하거나 묘사하는 것을 피해야한다.

구성에서 사건이 발전되는 단계는 다음과 같다.

1. 〈발단〉

발단은 이야기의 시작이다. 발단은 작품 전체의 내용에 대한 정보를 알려주면서 시작한다. 어떤 인물이 나오는지, 어떤 사건이 일어나는지 등에 대해 알 수 있다.

이야기가 시작되는 처음에서 독자의 관심과 흥미를 끌어야 한다. 독자의 시선을 모으게 하기 위해서는 첫 부분을 재미있게 시작하여야 한다. 특별한 사건을 제시하거나, 흥미 있는 인물을 등장시키는 것으로 시작한다. 이 부분에서 어떤 사건이 일어날 것이라는 것을 예시하는 것으로 작품의 전체적인 분위기를 알 수 있다. 또 발단에서 작품의 주제를 암시하는 것이 나타나기도 한다.

많은 작품들이 시간적 또는 공간적 묘사를 하는 것으로 시작한다. '꽃이 피었다'거나, '맑은 날씨이다', '하늘에는 구름이 떠있습니다' 하고, 배경을 묘사하는 것으로 시작하는 것은 쓰기는 쉬우나 평범한 인상을 주게 된다. 그것보다는 '하늘에 비행기가 날아가고

있습니다.' '할머니가 뛰어왔습니다.' 하고 시작하면 훨씬 생동감이
있고, 무엇인가 사건의 움직임이 나타나서 인상적이다.

발단부분은 너무 길게 쓰면 지루하다. 문장의 서술도 설명적인
것보다는 감각적이거나 기쁨이나 슬픔 등의 정감에 호소하는 문장
으로 시작하는 것이 좋다.

2. 〈전개〉

전개는 사건이 진전되는 것을 뜻한다. 사건은 점층적으로 일어
나면서 갈등을 일으킬 수 있는 원인이 제공되어야 한다. 작품의
구성은 전체적으로 유기적인 관계를 지니고 있어야 한다. 그러므
로 뒤에서 일어나는 사건들의 실마리가 여기서부터 보여야지, 전
개부분에 없는 엉뚱한 일이 일어나면 안 된다. 사건의 구성은 인
과관계가 있어야 한다. 즉 원인에 따르는 결말이라는 뜻인데, 전개
부분에서 사건의 원인이 제시된다.

그러니까 꼭 염두에 두어야 할 것은 갈등을 일으킬 수 있는 원
인이 되는 사건을 만드는 것과 결말에서 사건이 해결되는 원인이
여기에 나타나야 한다.

3. 〈위기〉

위기는 갈등이다. 인물들 사이에서 대립되는 일이, 갈등이 되어
사건이 엉키게 된다. 얼마만큼 갈등이 심각한가에 따라서 서스펜
스를 느끼게된다. 주인공과 반대인물의 대결하면서 위기감이 조성
되고 서로 이기려고 감정적으로 대립하거나 사건이 발생한다. 그
갈등의 위기가 점점 고조되어 가면, 그 다음은 절정에 이른다.

4. 〈절정〉

인물과의 대립, 사건의 갈등이 최고조에 이르는 부분을 절정이라고 한다. 인물의 대립이 최고조에 이르러 더 이상 싸울 것이 없을 정도에 이른 상태이다. 그러므로 둘 중에 하나가 지게 된다. 주인공이 이기느냐, 반대인물이 이기느냐에 따라서 희극이냐, 비극이냐가 갈라진다.

주인공이 장애물과 싸울 때, 가장 무서운 것과 대결하는 순간, 죽을 정도로 힘이 드는 순간이 극적인 클라이맥스가 된다. 반대인물이 꼭 사람이 아니고, 무서운 괴물이거나, 사회의 낡은 관습일 수도 있다. 갈등의 절정을 벗어나고 해결이 제시되는 부분은 결말로 간다.

5. 〈결말〉

사건의 대단원이다. 사건의 막이 내린다는 뜻이다. 이 부분에서 갈등을 정리하고 사건을 해결하는 것이다. 여기서 행복한 결말이냐, 불행한 결말이냐가 결정된다. 주인공이 이기면 행복한 결말이라고 한다.

아동문학에서 결말은 긍정적이고 진취적인 해결이 좋다. 그렇다고 너무 교훈적인 면을 드러내면 효과가 줄어든다. 교훈적인 것이라 해도 간접적으로 표현하는 것이 좋다. 착한 일을 하면 착한 일에 대해 상을 주는 부분이 있는데 이것이 대단원이다. 착한 아이는 상을 받고 나쁜 아이는 벌을 받는 다는 것을 너무 확실하게 서술하면 재미가 줄어든다. 그러나 전래동화나 옛날이야기에는 이 권선징악이 분명하게 나타난다.

동화에서 '왕자와 공주는 결혼하여 행복하게 살았습니다.'하고 끝나는 부분이 이야기의 대단원이다. '왕자가 탑에 갇힌 공주를 구했다'는 사건이 끝나는 것이다. 그러나 대부분의 동화는 왕자가 공주를 구한 것에 대한 보상이 있다. 이 보상을 서술하는 부분이 대단원이다.

① 왕자는 탑에 갇힌 공주를 구했다.
② 왕자는 탑에 갇힌 공주를 구했다. 그리고 왕자는 공주와 결혼했다.
③ 왕자는 탑에 갇힌 공주를 구했다. 그리고 왕자는 공주와 결혼했다. 그리고 다섯 명의 아들을 낳고 오래오래 살았습니다.

①은 사건이 끝나는 것으로 이야기는 결말이 난다. 그러나 ②③번은 결말에 대단원의 해결까지 서술한 것이다. ③은 대단원이 길게 설명되어있다.

그러나 현대 아동문학에서는 사건이 막을 내리는 것으로 끝나고, 사건 해결의 대단원이 없는 경우도 많다. 왜? 아동이나 소년소녀는 아직도 더 가야할 인생의 길이 남아있기 때문이다. 또 현대 문학의 관점에서 생각하기에는 작가가 사건을 완전히 해결할 만큼 전지전능한 위치에 있지 못하다고 보기 때문이다. 또 사건이 완전히 해결되면 재미가 없다. 무엇인가 여운이 남아 있어 읽는 독자로 하여금 생각하게 하는 것도 좋다. 그래서 독자가 결말의 여러 해결의 길을 선택할 수 있게 하는 것이다.

또 한편으로는 ③과 같은 행복한 보상을 제시함으로써 읽는 독자들을 행복하게 할 수도 있다. 절망하거나 우울한 어떤 독자를 상상하여 볼 수 있다. 예를 들면, 내성적인 독자인 남자아이가 여자아이를 좋아하고 있는데 말도 못하고 혼자 좋아만 하고 있었다. 그런데 다른 친구가 나타나 여자아이와 친하게 되는 것을 보고 내성적인 독자는 절망을 하게 된다. 이렇게 절망하고 슬픔에 빠져있는 독자가 탑에서 구한 공주와 결혼도 하고 행복하게 사는 이야기를 읽으면 그 행복함을 같이 느끼게 된다. 이것은 독자가 주인공이 된 듯이 느끼는 정서적 공감이라고 한다. 독자는 자기가 보상을 받은 듯한 충족감을 맛볼 수 있다.

〈결말의 해결〉

「나무꾼과 선녀」를 보면, 다음의 사건들이 결말에 제시되고 있다.

① 지상으로 내려온 나무꾼은 어머니가 끓여준 팥죽을 먹다가 뜨거운 팥죽을 흘려서 말이 놀라서 뛰는 바람에 나무꾼은 말에서 떨어져 땅 위로 떨어진다. ② 하늘에서 내려 올 때, 땅에 발을 디디면 다시는 하늘나라로 올라 올 수 없다고 하였다. 나무꾼은 다시는 하늘로 올라가지 못하고 하늘을 바라보며 울었다. ③ 나무꾼은 죽어서 지붕 위에 올라가 하늘을 보고 우는 숫닭이 되었다.

이 결말 부분이 재미있다. 아동들이 읽는 책에 따라 이 결말부분에서 대단원이 생략되어 있는 것을 볼 수 있다. 글을 읽지 못하는 어린 유아들의 그림책에 있는 이야기에는 ①번의 결말에서 끝난다. 전래동화라고 쓴 대부분의 책에서는 ②부분에서 끝이 난다. 좀 더 자란 학생들이 읽는 책에서는 ③의 부분이 수록된다. 이것은 책을 편집하는 사람이 읽는 독자의 정서적인 면을 생각하여 꾸민 것이다. ③의 부분이 대단원의 해결이다.

이렇게 「나무꾼과 선녀」에서 보는 것과 같이 대단원의 해결이 자세히 나타날 수도 있고 간단하게 끝날 수도 있다. 이것은 작가의 생각에 따라 선택하여 쓸 수 있다. 그러나 극적인 해결이 나타나는 것은 좋지만 너무 교훈적인 것을 드러내면 덜 효과적이다.

〈갈등〉

갈등의 종류는 다양하다. 친구관계에서 일어나는 사건도 갈등이고, 부모님과의 갈등도 있을 수 있다. 또 내적 갈등도 있다. 사랑한다는 것을 고백하느냐, 하지 마느냐를 고민하는 것도 갈등이다. 주인공이 어떤 생각을 받아들일 수 없을 때도 심리적인 갈등을 일으킬 수 있다.

〈발견〉

작품의 효과는 발견이다. 이것은 주제와도 밀접한 관련이 있다. 작품에 따라서 극적인 장면이나 결말의 해결에서 미적인 효과와 심리적인 효과를 통하여 발견을 할 수 있다. 작품에서 발견이란 어떤 새로운 것을 깨닫는 것을 말한다. 교훈적인 것을 발견할 수도 있고, 새로운 인간의 모습을 발견할 수 있다.

〈반복〉

사건이나 행동이 반복해서 일어난다. 똑같은 행동이나 사건이 되풀이되면서 조금씩 변하고 사건이 진전된다. 이렇게 변화 있는 반복을 하면서 독자는 사건에 대한 기대감과 흥미를 높여 가며 사건의 절정으로 다가가는 방법이다.

세 아들 이야기에서 볼 수 있는데 똑같은 사건이 세 번 반복해서 일어난다. 아버지에게 쫓겨나는 세 아들의 사건도 똑같은 일이 세 번씩 반복된다. 쫓겨나는 사건, 가다가 길을 묻는 일 들이 똑같이 반복된다. 세 아들, 세 번 쫓겨남, 세 번 째 길, 세 번의 질문, 세 번의 수수께끼, 세 번의 모험, 등 반복되는 이야기가 많다.

똑같은 일이 세 번 반복되는 사건을 보면,

<나무꾼과 도끼>는 아주 단일한 구성이지만 여기서도 세 번 반복해서 나오는 말이 있다. 연못 속에서 산신령이 나와서 "이게 네 도끼냐?" 하고 묻기를 세 번씩이나 한다. 이렇게 행동과 문장이 반복되면서 절정으로 다가간다.

<흥부와 놀부>에서도 똑 같은 일이 반복하여 일어난다. 제비다리 고쳐주는 것과 박을 타는 일이 반복되면서 두 인물의 성격을 대조시킨다. 유사한 사건이 되풀이되면서 성격에 따라 결과가 어긋나는 일이 생긴다.

한 인물에게서 똑같은 일이 반복되는 경우도 있다. '보미는 학교로 걸어갔다. 학교 교문에는 한 할머니가 서 있었다.' '보미는 학교로 걸어갔다. 학교 교문 앞에는 한 할머니가 서 있었다.' '보미는 학교로 걸어갔다. 학교 교문 앞에는 낯익은 할머니가 서 있었다.' 이런 식으로 되풀이되면서 점점 사건의 핵심으로 접근하는 변화 있는 반복이다. 이러한 것을 점층법이라 한다. '낯익은 할머니'라는 표현에 주의해야 한다. '낯익은 할머니'란 매일 보니까 낯이 익다라고 이해되지만 사건이 발생하는 것으로 보면, 어머니와 닮았기 때문에 '낯익은'이 된다. 보미는 어렸을 때 어머니가 죽은 후, 새로 어머니가 생기고 나서는 외할머니를 본 적이 없었기 때문이다. 그 외할머니가 찾아 온 것이다. 사건의 발생과 위기가 나타난다.

「잠자는 숲 속의 공주」에서는 똑같은 사건이 똑같은 장면이 세 번이나 반복, 서술된다.

① 공주는 침대에 쓰러져 깊이 잠에 빠졌습니다. 그리고 깊은 잠은 온 궁전에 퍼졌습니다./ 벽의 파리도, 활활 타오르고 있던 아궁이의 불도 다른 것과 같이 잠들어 버렸습니다./ 요리사는 일을 잘못한 심부름꾼 아이의 머리를 때리려는 모습으로 잠이 들었습니다.

② 왕자가 성안에 들어가니 파리가 벽에 붙어 잠들고 있고, 부엌에는 요리사가 심부름하는 아이를 때리려고 손을 들고 있고,

③ 공주는 일어나 앉았습니다. 왕자와 공주는 나란히 내려왔습니다. / 벽의 파리도 움직이기 시작하였습니다. 부엌의 불길도 다시 타올라 고기를 굽기 시작하고 / 요리사는 아주 심부름꾼을 쥐어박아 쓰러지게 해서 아이는 커다란 소리를 질렀습니다.

① 잠드는 장면 ② 잠자고 있는 장면 ③ 잠이 깨어나는 장면의 묘사가 똑 같이 반복되는 것이 재미있다. 여기서 세 번 시간이 변화가 있고, 반복 서술되면서 사건이 진전하고 있음을 알 수 있다. 마치 비디오를 다시 느리게 돌려보는 것과 같은 움직임이 생긴다.

<개연성>

사건이 일어날 수 있는 인과관계의 필연성이 있어야 한다. 사건이 우연히 일어난다는 것은 구성의 짜임이 엉성한 것으로 본다. 필연성과 사실성을 염두에 두고 사건을 구성하여야 한다. 환타지의 세계를 그렸다고 하더라도 개연성이 있어야 한다.

<대립적인 구도>

대립적인 요소를 부각시킨다. 구성이 단일하면서도 갈등을 부각시킬 수 있다.

인물의 성격을 대립적으로 만든다. : <선과 악>의 대립이다.

공간적 요소를 대립적으로 구상한다. : <지하와 지상> <바다와 하늘>등 대립적인 배경을 구상한다.

시간적 요소를 대립적으로 설정한다. : <과거와 현재>의 시간적인 대립을 보이면서 사건이 반복되는 것이다.

〈퍼즐식 글짜기 구성법〉

퍼즐식 글짜기도 재미있는 방법이다. 추리소설의 기법을 이용하여 몇 갈래의 선택을 제시하는 것이다.

6. 인물

인물을 어떻게 창조하는가는 중요하다.

아무리 주제가 좋다고 하여도 읽고 나면 잊어버리게 된다. 물론 동화를 쓰는데 있어 제일 중요한 것은 주제이다. 그러나 더 중요한 것은 스토리와 인물이다. 아이들은 친구들이나 동생들하고 놀 때, 자기들이 읽은 책의 인물을 흉내내면서 논다. 이것은 그 만큼 동화의 인물이 중요하다는 것을 보여주는 것이다. 아이들은 자기들이 읽은 책의 주인공이 멋있거나, 재미있거나, 인상적이었던 장면들을 흉내낸다. 「피터 팬」을 읽은 아이들이 한 동안은 그것을 흉내내는 것을 보았다. 자기가 피터 팬이 되고 동생은 웬디라고 하고, 엄마의 스카프를 망토처럼 두르고 동생의 손을 잡고 하늘을 나르는 흉내를 내면서 훅크 선장이 있는 섬으로 날아간다. 이 때 훅크 선장은 베개나 인형이 대신한다.

이렇게 독자는 자기가 작품의 주인공이 되고 싶어하는 것이다. 그러나 모든 작품의 주인공이 되려고 하지는 않는다. 그러니까 인상적이었거나 감동을 받았거나, 재미있는 인물이 독자들의 기억에 오래 남는다.

그러면 인물을 어떠한 인물들이 있는가?

개성적인 인물이 있다. 행동이나 대화에서 개성이 드러난다.

상반된 성격도 재미있는 인물이다. 무서우면서도 어린아이와 같은 점이 있는 인물, 즉 어딘가 어울리지 않는 상반되는 성격을 지닌 인물이 인상적이다. 예를 들어 무서운 해적이면서 뱀이 나올까 봐 숲 속에는 들어가지 못하는 인물, 이런 인물은 아이들이 생각할 때 이해되지 않는다. 무서운 해적인데 어떻게 뱀을 무서워할 수 있을까? 또 한편으로는 아이들도 뱀을 무서워하기 때문에, 그런 점에서 해적에게 친근함을 느낀다. 이것은 인물에 대한 감정의 동일시라고 말한다.

악함과 선함이 함께 있는 성격의 인물을 예로 들어보면, 학교에서 아이들을 괴롭히는 나쁜 학생인데, 그 아이는 집에 가서는 일하러 다니는 어머니 대신에 동생을 아주 잘 돌보는 착한 형이다. 이런 인물은 기억에 남는다. 힘센 학생한테 위협을 받아 본 적이 있는 독자들은 누구나 아이들을 괴롭히는 나쁜 학생을 싫어한다. 그런데 그런 나쁜 학생이 얌전하게 동생을 잘 보살피는 것을 보게

되면, 누구에게나 좋은 점이 하나씩을 있다는 것을 발견하게 되고, 실제로 현실에서 그런 학생을 보게 되면 이해하려고 하게 된다. 또 독자 자신이 그런 나쁜 학생이라면, 동생이나 동생 같은 아래 학년의 아이들을 돌보고 싶은 마음이 생길 수 있지 않을까 하는 것을 기대해 볼 수 있다.

어떤 인물을 그리더라도 진실성이 있는 인물이 공감을 얻는다.

어린아이만이 동화의 주인공이 되는 것은 아니다. 어른이 동화의 주인공이 될 수 있다. 「벌거벗은 임금님」의 주인공은 임금이다. 그러나 그 임금이 발가벗었다는 것을 말하는 인물은 아이이다. 어른이 주인공이라 할지라도 아이의 눈과 마음이 담겨 있어야 한다.

동물이나 식물에게 인간의 성격을 입힌다. 사자나 여우, 곰 등의 동물의 속성에 비슷한 인간의 성격을 뒤섞은 것이다. 예를 들어 「이솝우화」나 전래동화에는 동물이 많이 등장한다.

또는 장미나 백합의 특징에 따라 인간의 성격을 부여하여 의인화 할 수도 있다.

독자들은 인물이 대담하고 강한 성격을 좋아한다. 일반적으로 독자들은 카리스마가 있는 인물을 좋아한다. 소녀 독자들은 카리스마가 있거나 또는 모성적인 본능을 일으키는 인물을 좋아한다. 남자아이들은 카리스마가 있는 강한 인물이나 또는 유머가 풍부한 인물들을 좋아한다.

〈인물의 성격 표출〉

어떻게 인물의 성격을 나타내는가? 다음과 같은 방법으로 성격을 창조한다.

(1) 대화를 통해 나타난다.

첫째는 그 인물이 말하는 것에서 그 성격이 드러난다. 인물의 개성을 나타낼 수 있는 말이어야 한다. 그러니까, 인물에 따라 다른 말투를 어울리게 써야 한다. 두 번째는 다른 인물과의 대화를 통해서 드러난다. 세 번째는 다른 인물들끼리 말하는 내용을 통해서 그 인물의 성격이 드러난다. 첫 번째는 A가 말하는 것에서, 두 번째는 A와 B가 말하는 것에서, 세 번째는 B와 C가 말하는 것에서 A의 성격이 나타난다.

(2) 인물이 어떻게 생각하는가를 통해서 성격을 나타낸다.

(3) 인물의 행동에서 성격이 나타난다.

(4) 인물의 옷차림, 버릇, 좋아하는 것이나 취미를 통해서 성격을 표현할 수 있다. 즉 꽃을 좋아하거나, 야구를 좋아하는 것으로 인물성격을 표현한다.

(5) 인물의 외모를 묘사하는 방법으로 성격을 나타낼 수 있다. 외모 등의 신체적인 특징을 서술한다. <혹부리 영감> <말광량이 삐삐>등 외모나 신체적인 특징으로 인물을 특성화하고, 성격의 일면을 드러낸다. 이 방법은 외모와 성격 그리고 작품의 주제와 일치하는 방법이 있고, 반대로 외모의 느낌과는 다르게 성격을 나타내어 주제를 강조하는 방법도 있다. 예를 들어 겉으로 보기에 몸집이 크고 거칠어 보이지만, 운동보다는 피아노 치는 것을 더 좋아하고, 정감이 풍부하여, 친구들의 어려움을 이해하는 것으로 주제를 부각할 수도 있다.

(6) 작가가 직접 인물의 성격을 설명하는 방법이다. (1)~(5)번은 간접적으로 인물의 성격을 드러내는 방법인데, 오히려 독자들은 살아있는 인물을 느낄 수 있다. (6)는 "흥부는 착하다"라고 직접

설명하는 방법이라 덜 생생하다.

(7) 작중인물의 가족이나 생활환경을 그려서 인물의 성격을 창조할 수 있다. 형제가 없이 혼자인 아이, 가족이 없이 혼자서 사는 할아버지 등으로 인물의 성격을 드러낼 수 있다. 혼자서 사는 사람은 보통, 고집이 세고 고독한 성격이며, 다른 사람과 잘 사귀지 못하는 인물로 생각한다. 이런 두 인물이 만나서 상대방의 성격을 거울로 하여 자신을 비추어 보고 오히려 다른 사람을 더 폭넓게 이해하는 성격으로 변하는 과정을 통해서 인간의 사랑과 우애를 주제로 표출할 수 있다.

(8) 인물의 대립적인 구도로 성격을 나타낸다. <선과 악> <강자와 약자> <느린 성격과 빠른 성격> <밝은 성격과 어두운 성격>등이 있다.

「흥부와 놀부」의 성격을 생각해 보면, 선악의 인물의 대립이 너무 분명하다. 그래서 단순하고 유치해 보이지만 사실 창작동화에서도 이렇게 인물의 선악을 대립적으로 설정하고 있다.

「백설공주」에 나오는 인물도 이런 성격적 특성을 보인다.

어떤 동화는 사건에 중점을 두어서 사건이 흥미진진한 경우도 있고, 어떤 작품은 사건의 긴장감이나 서스펜스는 없어도 인물의 성격에 끌리는 경우도 있다.

이런 인물은 성격 창조에 성공한 작품이다.

1) 인물이 개성적이고 매력적인 작품이다. 매력적이라고 예쁜 얼굴을 뜻하는 것이 아니다. 인물의 성격이 매력적이라는 뜻이다.

2) 인물의 성격이 활력이 있고, 독자들을 웃기는 인물

3) 어디선가 만난 듯한 평범한 성격이지만 친밀하게 느껴지는

진실함이 있는 인물, 이런 인물은 평범한 생각 평범한 행동이 옆의 친구를 보는 듯하여 사실적이며, 인물이 살아서 곁에 있는 듯이 느껴지기도 한다.

7. 시점

작가가 어느 위치에서 어떻게 이야기를 전해주는가 하는 것이 시점의 문제이다. 같은 사건을 서술하더라도 그 사건을 보는 위치에 따라 이야기가 다르게 표현된다. ① 이야기를 말하는 아이가 운동장에서 다른 아이들과 함께 놀면서 같이 노는 아이들을 이야기하는가? ② 또는 이야기를 말하는 아이는 교실에 있으면서 밖에서 노는 아이들을 이야기하는가? 이렇게 ①과 ②는 다른 위치에서 말하고 있다. ②는 아이들이 놀고 있을 때, 일어나는 사건을 자세히 알 수 없으므로 모든 것을 전할 수는 없다. 그러나 ①은 아이들과 함께 놀면서 사건을 전해주기 때문에 일어나는 사건을 자세히 말할 수 있다.

①은 사건 속에 있는 화자이고 ②는 사건밖에 있는 화자이다.

```
┌─────────────────────────┐
│         미애            │
│    강희 ① 보미          │        ②
│                         │
└─────────────────────────┘
```

(1) 이야기를 하는 화자가 이야기 안에 있는가, 밖에 있는 가로 나눌 수 있다.— 이야기를 하는 화자가 등장인물인가 등장하지 않는가에 따라 다르다.

(2) 1인칭이냐, 3인칭이냐로 나눌 수 있다.

(3) 주관적 시점과 객관적 시점으로 나눌 수 있다.

누가? 어디서 이야기를 하는가에 따라 작품의 묘미가 다르다.

시점은 다음과 같이 분류된다.

	①	②	
이야기 화자가 작중인물	중심인물이 자기의 이야기를 한다	다른 인물이 주인공의 이야기를 한다	1인칭
이야기 화자가 작중인물이 아니다	작가의 전지적 위치에서 말한다. ③	관찰자의 위치에서 말한다. ④	3인칭

① 1인칭주인공 시점 : 이야기를 말하는 화자가 '나'이다. 작품의 이야기 속에 등장하여 자기의 이야기를 함으로 주인공 시점이라 한다. '나'의 마음을 잘 알려줄 수 있는 것이 장점이다. 그러나 다른 인물들의 속마음을 알 수 없다.

② 1인칭 관찰자 시점 : 말하는 '나'가 작품 속의 이야기에 등장을 하지만 주인공이 아니다. 즉 '나'가 다른 사람 즉 주인공에 대해 이야기

하는 것으로 주변자 시점 또는 관찰자 시점이라고 한다. 이러한 시점의 묘미는 주인공의 생각을 전부 알 수 없다는 것이 매력이다. 황순원의 「소나기」처럼 '나'는 여자아이의 마음을 전부 아는 것이 아니다. 「샬록 홈즈의 탐정 소설」에 나오는 서술시점이 바로 1인칭 관찰자 시점이다. 샬록 홈즈가 말하는 1인칭 시점이 된다면, 홈즈가 생각하는 것을 모두 말해야 함으로 독자는 재미가 줄어든다.

③ 작가 전지적 시점 : 작가가 마치 신처럼 인물이나 사건에 대해 모든 것을 알고 이야기를 하는 것. 현재나 미래의 일까지도 알 수 있고, 모든 작중인물의 마음속을 알고 말을 한다.

④ 작가 관찰자 시점 : 3인칭 서술 시점으로 작가의 입장에서 쓰는데 주관을 버리고 객관적인 태도로 관찰하여 서술한다. 즉 모든 작중인물의 속마음을 알 수는 없고, 곁에서 보이는 것을 객관적으로 서술하여야 한다.

많은 작품들이 3인칭 작가 전지적 시점으로 쓰고 있는데, 이경우도 아이의 시선을 놓쳐서는 안 된다.

모험적이고, 환상적인 이야기라도 아이들의 시점에서 서술되어야 한다. 「보물섬」은 외다리 선원의 이야기이며, 어른들의 탐욕을 그리고 있다. 그러나 그 사건을 보는 사람이 어린아이인 <짐>이다. 짐의 눈을 통하여 그이야기를 전해주고 있기 때문에 아이들은 홍미 있게 읽을 수 있다.

스토리를 전달해 주는 역할로는 어린아이가 적당하다. 소년소녀의 눈으로 이야기의 사건을 보아야 하기 때문이다. 동화는 어린아이다운 면이 있어야 한다. 어른의 눈으로 보는 세상과 아이들의 눈으로 보는 세상은 다르다. 누구나 경험하는 일 중에 하나가, 어른이 되어 자기가 다니던 초등학교에 가 보면, 운동장이 생각보다 작다는 것을 보고 놀란다. 뒤집어서 생각하면 초등학교에 가 보았을 때, 운동장이 작아 보이게 되면 그 때부터 어른이 되었다고 생각하여도 좋다. 이렇게 아이와 어른이 보는 시야의 범위가 다르다. 이것은 세상을 보는 눈이 다르다는 것이다. 특히 나이가 많이 들은 작가라면 이 점을 조심스럽게 생각하여야 한다. 아무리 동심으로 돌아가려 하여도 쉬운 일이 아니다.

그리고 주제와 소재에 어울리는 시점을 선택하여야 한다.

8. 배경

배경에는 시간적인 배경과 공간적인 배경이 있다.

(1) 시간적 배경은 아침이냐 저녁이냐? 낮이냐 밤이냐, 또는 몇 시인가? 또는 봄, 여름, 가을, 겨울 등의 계절을 말할 수 있다.

시대적 배경으로는 현대와 과거로 나눌 수 있는데, 과거는 "옛날 옛적 호랑이 담배 피던 시절에"하고 시작하는 옛날이 있고, 단군 시대, 고구려, 신라 시대 하는 역사적 시대로 나누어 쓸 수 있다. 현대라도 동화의 주인공이 살고있는 시대를 1990년대이냐, 2000년대이냐, 2050년대인가에 따라 다르다. 미래 시간도 요즈음 동화에서는 빼어 놓을 수 없는 중요한 시간적 배경이다.

(2) 공간적 배경

공간이 인물이 살아서 움직이는 곳이며, 사건과 행동이 일어나는 무대가 된다. 이러한 시간과 공간을 밝히는 것은 이야기가 사실성을 지닐 수 있게 하기 위해서이다. 이렇게 시간과 공간이 정해지면 인물이 어떠한지를 짐작할 수 있게 되고, 사건의 진전을 알아 챌 수 있다.

시대에 따라 공간적 배경이 다르게 묘사된다. 단군 시대의 곰의 동굴이나 신단수로부터, 고구려, 신라, 백제, 조선시대의 공간적 특성이 나타나는 배경이어야 한다. 바보 온달이 살았던 산 속, 「홍부와 놀부」의 공간적 배경은 충청도 경상도 전라도의 세 지방이 만나는 경계지역에 살고 있는 것이 배경이 되며, 「심청전」은 심청이가 살던 마을과 물에 빠지던 인당수 등이 이야기의 공간적인 무대가 되고 있다. 또는 한국이나 세계의 여러 나라가 공간적 배경으로 등장할 수 있다.

아동문학의 이야기가 학교에서 일어나는 일인지, 집에서 일어나는 일인지는 공간적인 배경에 나타난다. 학교, 집, 강, 바다, 시골, 큰 도시, 언니 방, 내 방 등, 이러한 배경이 인물들이 살아서 움직이는 공간이다.

아무리 초자연적인 이야기를 하더라도 사실적인 공간을 바탕으로 시작하여야 황당한 느낌이 줄어든다. 예를 들어 「이상한 나라의 엘리스」에서 엘리스는 둑에서 책을 읽고 있는 언니 옆에서 지루해 하고, 움직이기도 싫어한다. 그 때 흰토끼 한 마리가 "큰일 났다. 큰일 났다. 이러다가는 늦겠네"라고 말하는 것을 듣고 쫓아간다. 엘리스는 토끼굴로 내려가게 된다. 이 토끼굴이 초현실적 세계로 내려가는 길이 된다. 「걸리버 여행기」에서는 배가 풍랑을 만나면서 작은 이들이 사는 나라에 도착하게 된다.

이렇게 한 공간에서 다른 공간으로 이동할 때에는 이것을 알려주는 공간에 대한 묘사나 서술이 필요하다.

9. 문체

좋은 문체란 아름다운 문장을 말하는 것이 아니다. 글의 내용(주제 또는 소재)과 어울리는 문체여야 한다. 아이들의 정서나 심리를 개발해 줄 수 있는 다양한 낱말을 써서, 이미지가 선명하게 떠오르는 문장이어야 한다.

적절한 비유를 사용하여야 한다. 그러나 비유를 너무 많이 쓰면 사건의 진행에 긴장감이 약하게 될 수 있으므로 피해야 한다. 너무 어려운 비유는 피하는 것이 좋다. 소년소녀 독자들의 상상을 불러일으킬 수 있는 비유를 알맞게 사용하여, 생생하게 장면을 묘사하여야 한다.

좋은 문장을 쓰려면 다음을 유의해야 한다.

(1) 풍부한 낱말을 사용하여야 한다.

(2) 한 문장 안에 한 가지 내용만을 담아야 한다.

(3) 문장이 짧고 리듬이 있어야 한다.

(4) 힘이 있는 웅변적인 문장도 독자들의 마음을 잡을 수 있다.

(5) 문장은 현실적이고 사실적인 묘사여야 한다.

(6) 대화와 서술문을 적절하게 사용하여야 생동감 있는 문장이 된다.

(7) 어린아이들의 동화는 감각에 호소하는 문장이 효과적이다. 소리 말이나 모양을 흉내내는 말을 사용하는 것이 좋다.

(8) 동사와 형용사를 적절하게 사용하여 동적인 움직임과 정적인 느낌을 줄 수 있어야 한다.

(9) 지적이고 유머 감각이 있는 문장이면 좋다.

(10) 간결한 문장으로 스토리에 필요한 것 이외에는 쓸데없는 수식이나 묘사는 피한다.

첫 문장은 설명적인 것보다는 감각적이거나 기쁨이나 슬픔 등 정감에 호소하는 문장으로 시작하는 것이 좋다. 특히 첫 문단은 짧게 쓰는 것이 지루하지 않다.

작품의 대상이 되는 독자의 나이를 생각하여 낱말을 선택하고 문장을 쓰도록 한다. 유아, 초등학교 저학년, 또는 소년소녀를 독자로 할 경우, 각각 써야하는 낱말이나 표현이 다르다는 것을 유의해야 한다. 아동의 수준에 맞는 문장을 써야 한다.

유아들의 동화는 '~습니다' 또는 '~이어요' 하는 구어체의 문장을 쓰고, 소년소녀 문학은 '~이다' 라고 문어체로 쓰는 것이 좋다.

또 문장의 반복도 많이 사용하는 방법이다. 구절이나 대화, 후렴 같은 것을 반복해서 묘사한다. 이 때 반복은 간결하면서 변화하고 발전하여야 한다. 「잠자는 숲 속의 공주」처럼 구절이나 행동을 짧게 반복하여 서술한다. 「해와 달 오뉘이 이야기」에서도 호랑이가 어머니에게 "떡 하나만 주면 안 잡아먹지"하는 구절이 되풀이된다.

앞에서 예로 들은 사건을 다시 인용하면, '보미는 학교로 걸어갔다. 학교 교문 앞에는 낯익은 할머니가 서 있었다.' 이 문장이 반복되면서 점점 사건의 핵심으로 들어간다. '낯익은 할머니'라는 표현에 주의해야 한다. '낯익은 할머니'란 매일 보니까 낯이 익다라고 처음에는 이해하지만, 사건이 발생하는 것으로 보면, 어머니·와 닮았기 때문에 '낯익은'이 된다. 보미는 어렸을 때 어머니가 죽은 후, 새로 어머니가 생기고 나서는 외할머니를 본 적이 없었기 때문이다. 이렇게 낱말에 복선을 깔아 암시하는 경우도 있다.

제 3 장 아동문학의 실제와 연습

1. 황소와 도깨비

이 상

어떤 산골에 돌쇠라는 나무 장사가 살고 있었습니다. 나이 30이 넘도록 장가도 안 가고 또 부모도 일가 친척도 없는 혈혈 단신이라 먹을 것이나 있는 동안은 빈둥빈둥 놀고 그러다가 정 궁하면 나무를 팔러 나갑니다.

어디서 해오는지 아름드리 장작이나 소나무를 황소 등에다 듬뿍 싣고 장터나 읍으로 팔러 갑니다. 아침 일찍이 해도 뜨기 전에 방울 달린 소를 끌고 이랴이랴...... 딸랑 딸랑...... 이랴이랴. 이렇게 몇 십리씩 되는 장터로 읍으로 팔릴 때까지 끌고 다니다가 해 저물녘이라야 겨우 다시 집으로 돌아왔습니다. 그 방울 달은 황소가 또 돌쇠의 큰 자랑거리였습니다. 돌쇠에게는 그 황소가 무엇보다도 소중한 재산이었습니다. 자기 앞으로 있던 몇 마지기 토지를 팔아서 돌쇠는 그 황소를 산것입니다. 그 황소는 아직 나이는 어리었으나 키가 훨씬 크고 골격도 튼튼하고 털이 또 유난스럽게 고왔습니다. 긴 꼬리를 좌우로 흔들며 나뭇짐을 잔뜩 지고 텁석텁석 걸어가는 양은 보기에도 훌륭했습니다. 그 동리에서 으뜸가는 이 황소를 돌쇠는 퍽 귀애하고 위했습니다.

어느 해 겨울 맑게 개인 날 돌쇠는 전과 같이 장작을 한 바리 잔뜩 싣고 읍을 향해서 길을 떠났습니다. 읍에 도착한 것이 정오 때쯤이었습니다. 그날은 운수가 좋았던지 살 사람이 얼른 나서서 돌쇠는 그리 애쓰지 않고 장작을 팔 수가 있었습니다. 돌쇠는 마음이 대단히 흡족해서 자기는 맛있는 점심을 사먹고 소에게도 배불리 죽을 먹였습니다. 그리고 나서 잠깐 쉬고는 그날은 일찍 돌아올 작정이었습니다.

얼마쯤 돌아오려니까 별안간 하늘이 흐리기 시작하고 북풍이 내리 불더니 히뜩히뜩 진눈깨비까지 뿌리기 시작합니다. 돌쇠는 소중한 황소가 눈을 맞을까 겁이 나서 길가에 있는 주막에 들어가서 두어 시간 쉬웠습니다. 그랬더니 다행히 눈은 얼마 아니 오고 그치고 말았습니다.

아직 저물지는 않았는 고로 돌쇠는 황소를 끌고 급히 길을 떠났습니다. 빨리 가면 어둡기 전에 집에 돌아올 수 있을 것 같았기 때문입니다. 그러나 짧은 겨울 해는 반도 못 와서 어느덧 저물기 시작했습니다. 날이 흐렸기 때문에 더 일찍 어두웠는지도 모릅니다.

'야단 났구나'

하고 돌쇠는 야속한 하늘을 쳐다보며 혼자 중얼거리고 가만히 소등을 쓰다듬었습니다.

'날은 춥고 길은 어둡고 그렇지만 헐 수 있나 자 어서, 가자.'

돌쇠가 혼잣말 같이 중얼거리는 말을 소도 알아들었는지 딸랑 딸랑 뚜벅뚜벅 걸음을 빨리 합니다. 이렇게 얼마를 오다가 산허리를 돌아서려니까 별안간 길 옆 숲 속에서 고양이만한 새카만 놈이 껑충 뛰어 나오며 눈 위에 가 엎디어 무릎을 꿇고 자꾸 절을 합니다.

"돌쇠 아저씨 제발 살려주십시오."

처음에는 깜짝 놀래인 돌쇠도 이렇게 말을 붙이는 고로 발을 멈추고 자세히 바라보니까 사람인지 원숭인지 분간할 수 없는 얼굴에 몸에 비해서는 좀 기름한 팔다리 살결은 까뭇까뭇하고 귀가 우뚝 솟고 적은 꼬리까지 달려서 원숭이 같기도 하고 고양이 같기도 하고 또 어떻게 보면 개같기도 했습니다.

"애 요게 무어냐."

돌쇠는 약간 놀래면서 소리쳤습니다.

"대체 너는 누구냐"

"이름은 산오뚜기에요."

"뭐? 산오뚜기"

그때 돌쇠는 얼른 어떤 책 속에서 본 그림을 하나 생각해냈습니다. 그 책 속에는 얼굴은 사람과 원숭이의 중간이요 꼬리가 달리고 팔다리가 길고 귀가 오뚝 일어선 것을 그려 놓구 그 옆에다 도깨비라고 씌어 있었던 것입니다.

"거짓말 말어 요놈아"

하고 돌쇠는 소리를 버럭 질렀습니다.

"너 요놈 도깨비 새끼지"

"네 정말은 그렇습니다. 그렇지만 산오뚜기라구두 합니다."

"하하하하 역시 도깨비 새끼였구나"

돌쇠는 껄껄 웃으면서 허리를 굽히고 물었습니다.

"그래 대체 도깨비가 초저녁에 왜 나왔으며 또 살려 달라는 건 무슨 소리냐"

도깨비 새끼의 이야기는 이러했습니다. 지금부터 한 일주일 전에 날이 따듯하길래 도깨비 새끼들은 5,6마리가 떼를 지어 인가 근처로 놀러 나왔더랍니다. 하루 온종일 재미있게 놀고 막 돌아가려 할 때에 마침 동리의 사냥개한테 붙들려 꼬리를 물리고 말았습니다. 겨우 몸은 빠져 나왔으나 개한테 물린 꼬리가 반 동강으로 뚝 잘려졌기 때문에 여러 가지 재주를 못 피게 되고 말았습니다. 그 뿐 아니라 동무들도 다 잊어버리고 혼자 떨어져서 할 수 없이 입때껏 그 산허리 숲 속에 숨어 있었던 것입니다.

도깨비에겐 꼬리가 아주 소중한 물건입니다. 꼬리가 없으면 첫째 재주를 필 수 없는 고로 먼 산 속에 있는 집에도 갈 수 없고 배가 고파서 먹을 것을 찾으러 나가려니 사냥개가 무섭습니다. 날이 추우면 꼬리의 상처가 쑤시고 아프고, 그래서 꼼짝 못하고 일주일 동안이나 숲 속에 갇혀 있다가 마침 돌쇠가 지나가는 것을 보고 살려 달라고 뛰어 나온 것입니다.

"제발 이번만 살려 주십시오. 은혜는 평생 잊지 않겠습니다."

이야기를 마치고 나서 도깨비 새끼는 머리를 땅 속에 틀어박고 두 손으로 싹싹 빕니다. 이야기를 듣고 자세히 보니까 과연 살은 바싹 빠지고 꼬리에는 아직도 상처가 생생하고 추위를 견디지 못해서 온몸을 바들바들 떨고 있습니다. 돌쇠는 그 정경을 보고 아무리 도깨비 새끼로서니……하는 측은한 생각이 나서,

"살려 주기야 어렵지 않다만은 대체 어떻게 해달라는 말이냐"

하고 물었습니다.

"돌쇠 아저씨의 황소는 참 훌륭한 소입니다. 그 황소 뱃속을 꼭 두 달 동안만 저에게 빌려 주십시오. 더 두 싫습니다. 꼭 두 달입니다. 두 달만 지나면 날두 따뜻해지구 또 상처두 나을 테구 하니깐, 그때는 제 맘대루 돌아다닐 수 있습니다. 그 동안만 이 황소 뱃속에서 살두룩 해 주십시오. 절대루 거짓말이 아닙니다. 거짓말 해서 아저씨를 속이기는커녕 지가 이 소 뱃속에 들어가 있는 동안은 이 소를 지금버덤 열 갑절이나 기운이 세이게 해 드리겠습니다. 그러니 제발 이번 한번만 살려 주십시오."

이 말을 듣고 돌쇠는 말문이 막히고 말았습니다. 귀엽고 소중한 황소 뱃속에다 도깨비 새끼를 넣고 다닐 수는 없는 일입니다. 그렇다고 그것을 거절하면 도깨비 새끼는 필경 얼어죽거나 굶어 죽고 말 것입니다. 아무리 도깨비라기로 그렇게 되는 것을 그대로 둘 수도 없고 또 소의 힘을 지금보다 10배나 강하게 해 준다니 그리 해로운 일은 아닙니다. 생각다 못해서 돌쇠는 그 소의 등을 두드리며 "어떡허면 좋겠니"하고 물어보니까 소는 그 말귀를 알아들었는지 고개를 끄덕끄덕합니다.

"그럼 너 허구 싶은대루 해라. 그러면 꼭 두 달 동안 만이다."

돌쇠는 도깨비 새끼를 보고 이렇게 다짐했습니다.

도깨비 새끼는 좋아라고 펄펄 뛰면서 백 번 치사하고 깡총 뛰어서 황소 뱃속으로 들어가고 말았습니다.

돌쇠는 껄껄 웃고 다시 소를 몰기 시작했습니다. 그랬더니 참 놀라운 일입니다. 아까보다 10배나 소는 걸음이 빨라져서 도저히 따라갈 수가 없었습니다. 할 수 없이 소등에 올라탔더니 소는 연방 딸랑딸랑 방울 소리를 내이며 순식간에 마을까지 뛰어 돌아 왔습니다.

과연 도깨비 새끼가 말한대로 돌쇠의 황소는 전보다 10배나 힘이 세어졌던 것입니다. 그 이튿날부터는 장작을 산더미 같이 실은 구루마라도 끄는지 마는지 줄곧 줄달음질 쳐서 내뺍니다. 그전에는 하루 종일 걸리던 장터를 이튿날부터는 아무리 장작을 많이 실었어도 하루 세 번씩을 왕래했습니다.

돌쇠는 걸어서는 도저히 따라갈 수가 없어서 새로 구루마를 하나 사서 밤낮 그 위에 올라타고 다녔습니다. 애, 이건 참 굉장하다………하고 돌쇠는 하늘에나 오른 듯이 기뻐했습니다. 따라서 전보다도 훨씬 더 소를 귀애하고 소중히 여기게 되었습니다.

자, 이러고 보니 동리에서나 읍에서나 큰 야단입니다. 돌쇠의 황소가 산더미 같이 장작을 싣고 하루에 장터를 세 번씩 왕래하는 것을 보고 모두 눈이 뚱그랬습니다. 그 중에는 어떻게 해서 그렇게 황소의 힘이 세어졌는지 부득부득 알려는 사람도 있고 또 달래는 대로 돈을 줄 터이니 제발 팔아 달라고 청하는 사람도 있었으나 빙그레 웃기만 하고 대답도 하지 않았습니다.

'어쩐 말이냐 우리 소가 제일이다.'

그럴 적마다 돌쇠는 이렇게 생각하고 더욱 맛있는 죽을 먹이고 딸랑딸랑 이려이려하고, 신이 나서 소를 몰았습니다.

원래 게으름뱅이 돌쇠입니다만은 이튿날부터는 소 모는데 고만 재미가 나서 장작을 팔러 다녀서 돈도 많이 모았습니다. 눈이 오거나 아주 추운 날은 좀 편히 쉬어 보려도 소가 말을 안 들었습니다. 첫 새벽부터 외양간 속에서 발을 구르고 구슬을 내 흔들고, 넘쳐흐르는 기운을 참지 못해 껑충껑충 뜁니다. 그러면 돌쇠는 할 수 없이 또 황소를 끌어 내이고 맙니다.

이러는 사이에 어느덧 두 달이 거진 다 지나가고 3월 그믐께가 다가왔습니다. 그때부터 웬일인지 자꾸 소의 배가 부르기 시작했습니다. 돌쇠는 깜짝 놀래어 틈이 있는 대로 커다란 배를 문질러 주기도 하고, 또 약을 써보고 했으나 도무지 효력이 없습니다. 노인네들에게 보여도 무슨 때문인지 아는 사람이 없었습니다.

돌쇠는 매일을 걱정과 근심으로 지냈습니다. 아마 이것이 필경 뱃속에 있는 도깨비 장난인가 보다 하는 것은 어슴푸레 짐작할 수 있었으나 처음에는 꼭 두 달 동안이라고 약속한 일이니 어찌할 수 없는 일입니다. 그뿐 아니라 소는 다만 배가 불러 올 뿐이지 별로 기운도 줄지 않고 앓지도 않는 고로,

'제기 그냥 두어라. 며칠 더 기다리면 결말이 나겠지 죽을 것 살려 주었는데 설마 나쁜 짓이야 하겠니?'

이렇게 생각하고 4월이 되기만 고대했습니다. 소는 여전히 기운차게 이 구루마를 끌고 산이든 언덕이든 평지같이 달렸습니다.

그예 3월 그믐이 다가왔습니다.

돌쇠는 겨우 후─하고 한숨을 내 쉬이고 그날 하루만은 황소를 편히 쉬이게 했습니다. 그리고 이왕이니 오늘 하루만 더 도깨비를 두어두기로 결심하고 소를 외양간에다 매인 후 맛있는 죽을 먹이고는 자기는 일찍부터 자고 말았습니다.

이튿날 4월 초하룻날 첫 새벽입니다. 문득 돌쇠가 잠을 깨이니까 외양간에서 쿵쾅쿵쾅하고 야단스런 소리가 났습니다. 돌쇠는 깜짝 놀래어 금방 잠이 깨어서 뛰쳐 일어났습니다. 소를 누가 훔쳐 가지나 않나 하는 근심에 돌쇠는 옷도 못 갈아입고 맨발로 마당에 뛰어내려 단숨에 외양간 앞까지 달음질 쳤습니다. 그랬더니 웬일인지 돌쇠의 황소는 외양간 속에서 이를 악물고 괴로워 못 견

디겠다는 듯이 미친 것 모양으로 껑충껑충 뜁니다. 가엽게도 황소는 진땀을 잔뜩 흘리고 고개를 내저으며 기진맥진 한 모양입니다.

돌쇠는 깜짝 놀래어 미친 듯이 날뛰는 황소 고삐를 붙잡고 늘어졌습니다. 그러나 황소는 좀체로 진정치를 않고 더욱 힘을 내어 괴로운 듯이 날뜁니다.

"대체 이게 웬 영문야"

할 수 없이 돌쇠는 소의 고삐를 놓고 한숨을 내쉬이며 얼빠진 사람같이 그 자리에 우뚝 서고 말았습니다.

"돌쇠 아저씨 돌쇠 아저씨"

암만해도 그 소리는 황소 입 속에서 나오는 것 같았습니다. 그래서 돌쇠는 자세히 들으려고 소 입에다 귀를 갖다 대었습니다.

"돌쇠아저씨 저예요, 저예요 저를 모르세요?"

그때에야 겨우 돌쇠는 그 목소리를 생각해 내었습니다.

"오, 너는 도깨비 새끼로구나 날이 다 새었는데 왜 남의 소 뱃속에 입때 들어있니 약속한 날짜가 지났으니 얼른 나와야 허지 않겠니"

그랬더니 황소 속에서 도깨비 새끼는 이렇게 대답했습니다.

"나가야 헐텐데 큰일 났습니다. 돌쇠 아저씨 덕택으로 두 달 동안 편히 쉰건 참 고맙습니다만은 매일 드러누워 아저씨가 주시는 맛있는 음식을 먹고 있다가 기한이 됐길래 나가려니까 그 동안에 굉장히 살이 쪘나봐요, 소 모가지가 좁아서 빠져 나갈 수 없게 됐단 말예요. 억지루 나가려면 나갈 수는 있지만 소는 아픈지 막 뛰고 발광을 하는구먼요 야단 났습니다."

돌쇠는 그말을 듣고 기가 탁 막히고 말았습니다.

"그럼 어떡허면 좋단 말이냐 그거 참 야단이로구나"

돌쇠는 팔짱을 끼고 생각에 잠기고 말았습니다. 도깨비 새끼에게 황소 뱃속을 빌려준 것을 크게 후회했지만 인제 와서 무슨 소용이 있겠습니까. 무엇보다도 소가 불쌍해서 돌쇠는 고만 눈물이 글썽글썽하고 금방 울음이 터질 것 같았습니다.

그때 또 도깨비 새끼 목소리가 들려 나왔습니다.

"아 돌쇠 아저씨 좋은 수가 있습니다. 어떻게든지 해서 이 소가 하품을 허두록 해 주십시오. 입을 딱 벌리고 하품을 헐 때에 지가 얼른 뛰어 나갈텝니다. 그렇지 않으면 한 평생 이 뱃속에서 살거나 또는 뱃가죽을 뚫고 나가는 수밖에 없습니다. 그 대신 하품만 허게 해 주시면 이 소의 힘을 지금버덤 백 갑절이나 더 세이게 해 드리겠습니다."

"옳다 참 그렇구나 그럼 내 하품을 허게 헐 테니 가만이 기다려라."

소가 살아날 수 있다는 생각에 돌쇠는 얼른 이렇게 대답은 했으나 가만히 생각해보니 일은 딱합니다.

대체 어떻게 해야 소가 하품을 하는지 도무지 알 수가 없습니다. 그뿐 아니라 소가 하품하는 것을 돌쇠는 입때껏 한 번도 본 일이 없습니다. 그래도 함부로 옆구리도 찔러보구 콧구멍에다 막대기도 꽂아보고 간질려도 보고 콧등을 쓰다듬어 보기도 하고, 별별 꾀를 다 내이나 소는 하품 커녕은 귀찮은 듯이 몸을 피하고 한 두어 번 연거푸 재채기를 했을 뿐입니다. 도무지 하품을 할 기색은 보이지 않습니다.

그렇다고 이대로 내버려두었다가는 도깨비 새끼가 뱃속에서 자꾸 자라서 저절로 배가 터지거나 그렇지 않으면 물어 뜯기어 아까운 황소가 죽고 말 것입니다. 땅을 팔아서 산 황소요 세상에 다시 없이 애지중지하는 귀여운 황소가 그 꼴을 당한다면 그게 무슨 짝입니까. 돌쇠는 답답하고 분하고 슬퍼서 어쩔 줄을 모를 지경입니다.

생각다 못해서 돌쇠는 옷을 갈아입고 동네로 뛰어 내려 왔습니다.

"어떡하면 소가 하품을 하는지 아시는 분 있으면 제발 좀 가르쳐 주십시오."

동네로 내려온 돌쇠는 만나는 사람마다 붙잡고 이렇게 외치며 물었습니다만은 아무도 아는 사람은 없었습니다. 동네에서 제일 나이 많고 무엇이든지 안다는 노인조차 고개를 기울이고 대답을 하지 못했습니다.

그렇게 얼마를 묻고 다니다가 결국 다시 빈손으로 돌쇠는 집으로 돌아오고 말았습니다. 인제는 모든 일이 다 틀렸구나 생각하니 앞이 캄캄하고 기가 탁탁 막힙니다. 고개를 폭 숙이고 풀이 죽어서 길게 몇 번씩 한숨을 내 쉬며 돌쇠는 외양간 앞으로 돌아와서 얼빠진 사람같이 황소의 얼굴을 쳐다보았습니다.

자기를 위해서 몇 해 동안 힘도 많이 돕고 애도 많이 쓴 귀여운 황소!

며칠 안되어 뱃속에 있는 도깨비 새끼 때문에 뱃가죽이 터져서 죽고말 귀여운 황소!

그것을 생각하니 사람이 죽는 것보다 지지 않게 불쌍하고 슬프고 원통합니다.

공연히 그놈에게 속아서 황소 뱃속을 빌려주었구나 하고 후회도 하여 보고 또 그렇게 미련한 지가 자신을 스스로 매질도 해보고, 그러나 그것이 인제 와서 무슨 소용입니까. 얼마 안 있어 돌쇠의 둘도 없는 보배이던 황소는 죽고 말 것이요 돌쇠 자신은 다시 외롭고 쓸쓸한 몸이 되리라는 그것만이 사실입니다.

참다 못해서 돌쇠는 눈물을 흘리고 소리내어 울며 간신히 고개를 쳐들고 다시 한번 황소의 얼굴을 바라보았습니다. 황소도 자기의 신세를 깨달았는지 또는 돌쇠의 마음속을 짐작했는지 무겁고 육중한 몸을 뒤흔들며 역시 슬픈 듯이 돌쇠의 얼굴을 바라보고 있습니다.

얼마동안 그렇게 꼼짝 않고 돌쇠는 외양간 앞에 꼬부리고 앉아서 황소의 얼굴만 쳐다보고 있었습니다. 밥 먹을 생각도 없습니다. 배도 고프지 않았습니다. 다만 귀여운 황소와 이별하는 것이 슬펐습니다. 오정 때 가까이 되도록 돌쇠는 이렇게 황소의 얼굴만 쳐다보고 있었습니다. 그랬더니 차차 몸이 피곤해서 눈이 아프고 머리가 혼몽하고 졸려졌습니다. 그래서 고만 저도 모르는 사이 입을 딱 벌리고 기다랗게 하품을 하고 말았습니다.

그때입니다. 돌쇠가 하품을 하는 것을 본 황소도 따라서 기다란 하품을 하기 시작했습니다.

'옳다 됐다.'

그것을 본 돌쇠가 껑충 뛰어 일어나며 좋아라고 손뼉을 칠 때입니다. 벌린 황소 입으로 살이 통통히 찐 도깨비 새끼가 깡충 뛰어나왔습니다.

"돌쇠 아저씨 참 오랫동안 고맙습니다. 아저씨 덕택에 이렇게 살까지 쪘으니 아저씨 은혜가 참 백골난망입니다. 그 대신 아저씨 소가 지금보다 백 갑절이나 기운이 세이게 해 드리겠습니다."

도깨비 새끼는 돌쇠 앞에 엎드려 이렇게 말하고 나서 넙죽 절을 하더니 상처가 나은 꼬리를 저으며 두어 번 재주를 넘었습니다.

그리고 나서 어디로 인지 없어지고 말았습니다.

그때에야 돌쇠는 겨우 정신을 차렸습니다. 입때껏 일이 꿈인지 정말인지 잠깐 동안 분간 할 수 없었습니다. 그러다가 고개를 들어 홀쭉해진 황소의 배를 바라보고 처음으로 모든 것을 깨닫고 하하하하 큰소리를 내어 웃었습니다. 그리고 귀여워 죽겠다는 듯이 황소의 등을 쓰다듬었습니다.

죽게 되었던 황소가 다시 살아났을 뿐 아니라 이튿날부터는 이때보다 백 갑절이나 힘이 세어져서 세상 사람들을 놀래었습니다. 돌쇠는 더욱 부지런해져서 이른 아침부터 백 마리의 소를 몰며 '도깨비가 아니라 귀신이라도 불쌍하거든 살려주어야 하는 법야.' 이렇게 속으로 중얼거리고 콧노래를 불렀습니다.

2. 햇빛과 별빛의 요술사

한혜선

아이들은 언덕 위에 몰려있었습니다. 햇빛은 출렁이며 언덕위로 흘러내려서 아이들의 이마 위에서 빛나고 있었습니다. 빨간 잠자리가 햇볕 속에서 맴돌며, 아이들의 까만 머리 위로 날아 다녔습니다.

아이들의 마음을 들뜨게 하는 낭랑한 나팔 소리가 나뭇잎을 흔들며 마을로 울려 퍼졌습니다. 아이들은 나무 그늘에서 벗어나 햇볕 속으로 걸어들어 갔습니다. 조그마한 욕망으로 눈을 반짝이며 햇빛 속에서 활짝 웃었습니다. 햇빛은 한 줄기의 금광처럼 쏟아져 아이들의 검은머리 위에서, 푸른 나무 잎새에서 반짝였습니다.

아이들은 자기 키만큼 조그만 그림자를 만들고, 나무 잎새는 잎새 모양의 예쁜 그림자를 그렸습니다. 아이들은 햇빛 속에서 열광하여 뛰어다녔고 그림자는 아이들을 따라서 춤을 추었습니다.

아이들은 신났습니다.

아라비안 나이트에 나오는 이야기처럼 둥근 지붕의 천막이 언덕에 세워졌습니다. 아이들의 마음을 들뜨게 하는 낭랑한 나팔소리가 언덕 위로부터 금빛 찬란한 빛 속으로 울려 퍼졌습니다.

한가로운 늦여름의 날씨는 이 마을 저 마을로 떠돌아다니며 요술과 곡예를 하는 서커스단을 반갑게 맞이했습니다. 곡마단 아저씨는 말뚝을 박으며 휘파람을 불었습니다. 말뚝 위로 둥근 천막 지붕이 쳐졌습니다. 아이들의 천진한 눈 속으로 동화 이야기가 펼쳐졌습니다.

아이들이 좋아서 이리저리 언덕위로 몰려다녔습니다. 웅성이며 천막 치는 일이 거의 끝났습니다. 서커스 아저씨들이 타고 온 트럭에서 흰 종이로 싼 커다란 뭉치를 끌어내렸습니다. 수염 달린 키가 큰 아저씨가 지시하는 대로 여러 아저씨들이 움직이며 일을 했습니다. 하얀 뭉치는 천막 입구에서 풀리고 그 속엔 예쁜 그림을 그린 간판이 나왔습니다. 아저씨들은 높이 간판을 걸었습니다. 간판 위에도 햇빛은 눈부시게 쏟아졌습니다. 조그만 계집애가 그네를 타고 있었습니다. 어깨에 알통이 툭 튀어나온 아저씨가 돌이네 형처럼 철봉에 매달려 있습니다. 알록달록한 옷을 입은 조그만 사내가 고깔모자를 쓰고 분이네 언니 시집 갈 때처럼 연지곤지를 찍었습니다. 고깔모자 쓴 아저씨는 입을 크게 벌리고 아이들을 보고 웃고있습니다. 원숭이가 자전거를 타고 있는 그림도 있습니다.

아이들은 그림 밑에 모여서 키득키득 웃었습니다.

"헹, 분이야, 저거 너의 누나하고 똑같다."

"응, 저건 돌이 형인가 봐."

"저건 뭐야, 굴렁쇠 같애."

한 아저씨가 아이들을 쫓았습니다.

아이들은 비실비실 천막 곁을 떠나서 새끼줄 밖으로 나갔습니다. 아이들은 새끼줄 밖에서 빙글빙글 천막 주위를 뛰어다녔습니다. 잠자리도 빙빙 말뚝 위를 날아다니며 내려앉지 않았습니다. 아이들은 빨리 요술 부리는 것을 보고 싶었습니다. 원숭이가 자전거를 타고 재주 부리는 거며, 예쁜 계집애가 그네를 타고 손을 놓는 거며 어서어서 밤이 와서 서커스가 시작되었으면 하고 아이들은 기다려졌습니다.

아이들 마음을 흔들어 놓는 나팔 소리가 우렁차게 들리며, 북을 둥둥 치며 서커스단 아저씨들이 나옵니다. 알록달록한 빨강 노랑 점이 박힌 옷을 입은 키 작은 아저씨가 옥수수대로 만든 안경을 쓰고 고무 코를 하고 가짜 수염을 달고 얼굴을 온통 분칠을 하고 싱글벙글 웃으며 나왔습니다.

아이들은 쭈르르 그 뒤를 쫓아다녔습니다. 나팔부는 아저씨들은 조용하고 평화스런 마을에 들어섰습니다. 나팔소리는 크게 울려서 마을을 뒤덮었습니다. 마을은 갑자기 시끄러워졌습니다. 아기를 업은 어머니들도 문밖으로 나와서 구경합니다. 따스한 햇볕에 졸고 있던 할머니도 무슨 일인가 해서 아이들처럼 싱글벙글 웃으시며 좋아하셨습니다. 서커스 선전 나팔 소리는 점점 크게 들려왔습니다.

"자, 여러분 오늘 저녁에는 유랑극단에서 재미있는 서커스를 보여드리겠습니다. 여덟 살난 여자아이가 30척되는 꼭대기에서 손을 놓고 줄을 탑니다. 자, 여러분 보고싶지 않으십니까? 원숭이가 자전거를 타며 접시를 돌립니다. 보러오세요."

피에로 아저씨는 흰 얼굴로 히죽히죽 웃으며 노랑 빨강 풍선을 파아란 하늘로 날려보냈습니다. 아이들은 날아 올라가는 풍선을 잡으려고 이리 뛰고, 저리 뛰고 쫓아갔습니다. 강아지는 아이들을 쫓아다니며 꼬리를 흔들었습니다.

"오늘 저녁부터 우리 서커스단이 아슬아슬한 곡예를 보여 드리겠습니다. 그리고 어디에도 없는 우리의 유일한 요술사를 모시겠습니다. 우리의 요술사는! 장님도 그의 옷자락을 만지기만 하여도 당장 이 파란 하늘을 볼 수 있게됩니다. 앉은뱅이도 '일어나라'하면서 손을 잡아 이끌어주면 이 푸른 들판을 걸어갈 수 있습니다. 자, 오늘밤부터 여러분들을 모시겠사오니 잊지 마시고 와주십시오!"

구슬픈 피리소리가 먼 산을 울렸습니다. 이 조그마한 마을엔 서쪽 하늘로부터 몰려오는 붉은 놀이 물들고 있었습니다. 파란 하늘을 물결치는 지느러미처럼 붉고 찬란했습니다. 곧 어둠이 고향같이 조용한 이 마을을 감쌌습니다.

사람들의 마음을 설레게 하는 나팔소리가 고요히 흔들리고 있었습니다.

아이들은 천막 주위에서 시끌시끌 떠들며 몰려다녔습니다. 담뱃대를 문 몇몇 아저씨들과 아기를 업은 아주머니들도 간혹 보였습니다.

"언제 시작할건가?"

생이가 말했습니다.

"글세, 저렇게 나팔소리가 여전히 울리고 있으니, 아마 저 소리가 끝나야 시작하려는가봐."

한 아이가 말했습니다.

"저 속에서 뭘 한다는 거야?"

생이가 물었습니다.

"나도 잘은 몰라. 별거별거 다 한데. 요술도 하고…… 허지만 나는 들어갈 수 없는걸."

하고 분이가 말했습니다.

"나도 울 엄마가 들어가지 말랬어 이상한 요술쟁이가 와서 잡아간데."

하고 생이가 말했습니다.

"정말일까. 요술쟁이가 우리를 잡아갈까."

"아무럼……"

아이들이 제각기 한 마디씩 말했습니다.

"정말이래. 우리 할머니도 그랬어. 서양 요술쟁이가 잡아간데."

"요술쟁이가 어떻게 생겼는데."

"참말 오늘 요술쟁이는 보이지 않았지."

"그래, 나도 보지 못했어."

"그래도 보지는 못했지만 요술은 굉장히 잘 한데. 아까 그 알록달록한 아저씨가 그랬잖아?"

나팔소리는 여전히 아이들의 가슴을 울렸습니다. 어른들도 천막 안으로 들어가기를 주저하면서 얼만큼 떨어진 바위에 걸터앉아서 담배들을 피우고 있었습니다. 까만 하늘에는 자그마한 별들이 반짝이고 있었습니다.

"돌이 아베는 저거 구경할 건가?"

담배 재를 털면서 굴렁쇠 아버지가 물었습니다.

"왜 저런 거 본데?"

"코큰 놈이 와서 서커스인지, 요술쟁이인지 하는 거 보고싶지 않아?"

하고 돌이 아버지는 휙 돌아 앉았습니다.

"저런 사람들이 이 좋은 마을에 들어와 뭣들 하는지 모르겠어. 이렇게 조용한 마을에 와서들 시끄럽게 굴고 있는지. 저 애새끼들은 뭐가 좋다고…… 저 야단들인지."

"저렇게 가까이 가면 어쩔려구. 그러다 서양 귀신한테 잡혀가면…… 쯧쯧. 산신 할매가 저놈들을 쫓아줘야 할텐데."

하고 굴렁쇠 아버지가 말씀하셨습니다. 그러면서도 마을 어른들은 혹시 무엇을 하나하고 궁금해서 집으로 돌아가시지도 않고 천막에서 좀 떨어진 곳에 모여 앉아 있었습니다. 아이들은 어른들이 걱정하는 것은 생각하지도 않고 신이 나서 새끼줄을 잡아 흔들었습니다.

밤은 점점 깊어 갔습니다. 새끼줄을 지나서 천막 속으로 들어가는 아이들은 없었습니다.

매일 밤 서커스를 시작하기 전에 사람들을 들뜨게 하는 낭랑한 나팔소리가 밤의 공기를 흔들며 들려왔습니다.

아이들은 차차 천막 아저씨들과 친해졌습니다. 그리고, 아이들은 천막 가까이로 가서 그 천막 속을 들여다보기도 하며 이야기하는 것을 엿듣기도 했습니다.

예쁜 옷을 입은 여자가 눈썹을 그리고 있었습니다. 원숭이가 사람처럼 옷을 입고 어슬렁어슬렁 이사람 저사람 사이를 걸어 다녔습니다. 얼굴에 연지 찍은 광대 아저씨는 항상 싱글싱글 웃으며 떠들고 있었습니다.

"요술사는 언제쯤 오실까요?"

하고 눈썹 그리고 있는 여자가 물었습니다.

"글쎄, 언제 오실는지. 그분이 언제 오시는지는 아무도 알 수 없지."

하고 광대 아저씨가 히죽이 웃으며 말했습니다.

"오시지 않을 건가요?"

하고 다른 아저씨가 물었습니다.

"오시지 않다니. 아냐, 꼭 오실거야. 꼭 오시고 말고. 난 믿어. 그분은 구름을 타고 오실거야. 햇빛 찬란하게 하늘로부터 비추일 때 그분은 구름 속에서 내려오실 거야. 머지않아 이곳에 오신다고 하셨어."

하고 광대 아저씨가 말했습니다.

아이들은 천막 구멍 속으로 그 이야기를 들었습니다.

삽시간에 그 이야기는 아이들 입과 귀를 전하여 갔고, 어른 사이에도 퍼져 나갔습니다. 그들이 기다리는 요술사 이야기는 점점 신비로운 이야기가 붙어서 마음을 흥분시켰습니다.

그 요술사는 바닷물 위로도 걸으실 수 있다고 하였습니다. 아이들의 입에서는 이러한 이야기가 노래처럼 흘러나왔습니다.

조그만 마을은 요술사 이야기로 술렁였습니다.

"생선 다섯 마리와 떡 두 덩이로 삼천 명을 먹이고도 남았데, 휴…… 생선 한 마리만 가지면 우리 마을 사람 다 먹고도 끽하겠지."

또 다른 한 아이가 말했습니다.

"거짓말 마, 그런 요술이 어딨어?"

"아냐 정말이래. 우리 엄마도 그랬는데."

한 아이가 눈을 빛내면서 말했습니다.

"그래, 정말이다. 우리 누나도 그랬다. "

아이들은 신이 나서 물그릇에 빠진 파리처럼 파닥이며 어쩔 줄을 몰랐습니다.

"아유 좋아 정말. 그럼 오늘 저녁 구경가야지. 나팔소리가 울리고, 요술이 시작되겠지."

"그래 나도 갈테야"

"오늘은 무슨 요술을 할까?"

"글세, 정말 어떤 요술을 해달라고 해볼래?"

"그래 그래."

"나는 말야, 우리 집 처마에 있던 새 어미가 죽었어. 새끼들이 오늘 아침에 어떻게나 우는지 불쌍해서 혼났어. 난 그 요술사를 만나면, 어미 새를 살려 달라고 하고싶어."

하고 생이가 말했습니다.

"어미 새가 죽다니…… 어쩜, 그럼 우리 모두 요술사를 만나면 그 어미 새를 살려달라고 하자. 응."

"그래, 좋은 생각이야."

아이들은 어미 새를 살려 달라는 조그만 바램으로 햇빛 속에서 웃었습니다.

아이들의 말소리는 바람을 일으키며 불어갔습니다.

황금빛으로 출렁이던 태양은 다시 푸르스름한 빛을 내려 쬐기 시작했습니다. 서쪽의 먼 하늘로부터 붉은 놀이 감싸며 한낮의 장려했던 태양은 수그러들기 시작했습니다. 오랫동안 하늘은 금빛 날개를 팔랑이며 황금빛에서 푸른빛으로 그리고 진회색으로 번져

갔습니다.

마을은 어둠으로 싸여 조용히 숨을 쉬고 있었습니다. 낭랑한 나팔소리가 울려 퍼졌습니다.

아이들은 천막 주위에 모여들기 시작했습니다. 어른들도 호기심과 그리고 진실된 마음으로 기대를 가지고 하나, 둘 천막 주위로 모여들었습니다. 천막 주위는 작은 욕망으로 소란스러웠습니다.

요술사를 기다리는 아이들은 가슴에서 가슴으로 울려나오는 마음의 소리가 있었습니다.

아이들을 들뜨게 하는 나팔소리에 맞추어 아이들은 노래를 불렀습니다.

"언젠가는 오시리
놀라운 요술을 가지고
이 마을을 찾아오시리
언제까지 기다리요."

아이들의 노래 소리는 아이들의 입으로부터 어른들의 마음속으로 불리어 갔습니다.

어느새 요술사는 숲 속의 유령처럼 이 마을을 지배하기 시작했습니다.

아이들은 요술사를 기다렸습니다.

아이들은 믿고 있었습니다.

요술사는 하늘로부터 햇빛이 내리쬐며 온 마을이 광채로 빛날 때, 요술사는 이 마을로 걸어들어 올 것입니다. 천막 주위에서는 많은 사람들이 노래를 부르며 기다리고 있었습니다.

그날 밤늦게까지 요술은 시작되지 않았습니다. 사람들은 실망을 하고 헤어졌습니다. 그 이튿날도 요술사는 오지 않았습니다. 장님도 눈을 뜨지 못했고, 앉은뱅이도 일어나지 못했습니다. 사람들은 요술사에 대한 기대를 버리기 시작했습니다.

아이들은 언덕 위에서 기다리고 있었습니다. 엷은 햇빛이 머리카락 위로 흘러내렸습니다. 아이들이 소곤소곤 떠드는 요술사이야기는 바람에 불려 이웃마을로 퍼져나갔습니다. 이웃마을 장난꾸러기 아이들도 맑게 빛나는 까만 눈을 하고 언덕위로 모여들기 시작했습니다. 아직도 아이들은 전날부터 전해오는 이야기를 믿고 있었습니다. 오늘은 유난히 햇빛이 찰랑이며 바람이 맑게 불었습니다. 모두들 오늘 요술사가 오리라고 믿으며 한낮부터 기다리고 있습니다.

다시 어둠이 깔렸습니다. 낭랑한 나팔소리가 유난하게 들립니다. 아이들은 또 어른들도 천막 속으로 줄지어 들어갔습니다. 생이도, 분이도, 굴렁쇠 아빠도, 돌이 아버지도, 이웃 어른들도, 장난꾸러기도, 모두 자리를 잡고 앉았습니다. 아이들은 어서 나팔소리가 그치고 요술사가 요술을 하기를 기다리고 있었습니다. 아이들은 앞자리에 모여 앉아서 어서 요술사가 나오셔서 생이네 어미 새를 살려주었으면 하고 기다리고 있었습니다. 오랫동안 기다렸으나 오늘도 요술사는 나타나지 않습니다.

"왜 요술사가 오시지 않나요?"
하고 한 아이가 물었습니다.

"우리 할머니가 요술사는 이천 년 후에 오신다고 말씀하시더라."

"아니다. 그말 거짓말이야. 누구 말을 믿니?"

"아냐 이천 년 후가 오늘이래."

"아니다. 아니야. 전부 거짓말이야."

하고 아이들이 떠들고 있었습니다. 그런데 기다리다 지친 어른들은 일어나서 소리지르며, 무대로 뛰어 올라가고, 서로 싸우며 말리며 소란을 피우고 있습니다. 아이들은 놀라서 일어났습니다. 어른들은 뛰쳐나가기도 했습니다.

그리고 어느 어른은 광대 아저씨를 잡으며,

"거짓말쟁이. 거짓말쟁이다. 우리들은 모두 이 광대한테 속았다. 요술쟁이는 없다. 없는 요술쟁이가 좋은 요술을 한다고 하며 속이다니 거짓말쟁이야."

하고 소리지르며 떠들었습니다. 사람들은 싸우기 시작했습니다.

"자 우리 모두 부수자. 아무 것도 없다. 요술쟁이는 없다."

하고 천막을 부수고 있었습니다. 아이들은 별빛으로 빛나고 있는 하늘을 쳐다봤습니다. 모두 하나로 빙글빙글 돌면서 언덕 위로 흩러내렸습니다. 어른들은 싸우다가 돌아갔습니다. 아이들은 아직 남아있습니다.

"나는 저 길을 따라가 볼래. 나는 어미 새를 고쳐야해."

하고 생이는 말했습니다.

"그래 그러자."

몇 명의 아이들만이 고개를 끄덕였습니다. 하나, 둘 집으로 가는 아이도 있었습니다.

"저 길로 가면 만날 수 있을 거야. 아침해가 붉게 솟아나 이 마을을 비추기 시작할 때, 이 마을로 찾아오는 요술사를 만날 수 있을 거야. 그럼 우리 이 어미 새를 빨리 살려줘서 아기 새들이 슬퍼하지 않게 하자. 응."

생이가 말을 하자 아이들은 모두들 좋아했습니다.

생이와 몇몇 아이들은 별빛을 받으며 마을을 떠나서 걷기 시작

했습니다.   <1970년 한국일보 신춘문예 동화당선 작품>

3. 창작 연습

(1) 「황소와 도깨비」에서 생각해 봅시다.

- 이 글의 시점에 대해 토론해 봅시다.
- 황소가 이런 일을 경험하게 된다면 어떻게 될까? 황소의 입
  장에서 사건을 서술하여 봅시다.
- 사건발생의 서술을 시간적 순서에 따라 서술하는 것과 역접
  으로 서술하는 것이 어떻게 다른지 바꾸어 서술하여 봅시다.
- 「황소와 도깨비」의 시점을 황소의 시점으로 바꾸어 써봅시
  다. 다음 글은 학생의 글의 일부이다. 황소가 화자가 되는 1
  인칭 서술이다. 일인칭 시점으로 바뀌면 그것에 따라, 황소
  의 심정도 드러날 수 있다. 다음 글의 뒤를 이어서 일인칭
  고백 서술로 바꾸어 써 봅시다.

≪우리 주인 아저씨 돌쇠는 나무 장사를 합니다. 나이 30이 넘
었는데 장가도 안가고 저와 함께 둘이 삽니다. 평소에 보면 아저
씨는 먹을 것이 있을 때는 빈둥빈둥 놀다가 먹을 것이 없으면 저
를 데리고 나무를 팔러갑니다,

어디서 해오는지 모르겠지만 아저씨는 한 나절에도 몇 번씩 집
뒤의 산을 들락거리며 나무를 한 짐씩 해옵니다. 그런 다음날이면
제 등에 나무 짐을 잔뜩 싣고서, 아저씨와 함께 장터나 읍으로 갑

니다. 해가 뜨기도 전에 저는 목에 달린 방울을 딸랑딸랑 흥겹게 흔들며 아저씨가 이랴이랴 하며 끄는 방향으로 갑니다. 제 등에 실린 나무 짐이 다 팔릴 때까지 아저씨를 따라 장터나 읍을 돌아다니다 해 저물녘에 집으로 돌아옵니다.

아저씨는 저를 무척이나 자랑스러워하고 저를 아껴주십니다. 항상 여물도 듬뿍 주시고, 나무 짐을 해다 판 날은 검은 콩 넣은 쇠죽을 양껏 해주십니다. 원래 저는 농사를 짓는 집에서 태어났는데, 태어난 지 반년만에 돌쇠 아저씨가 땅을 팔아서 그 돈으로 저를 데려오셨다고 합니다. 저는 어려서부터 힘이 세고 키도 커서 정든 옛집을 떠나올 때 떠나기 싫다고 발버둥치는 저를 잡기 위해서 동네 장정 몇 명이 붙들어야했을 정도입니다. 하지만 지금 저는 저를 소중하게 여기고 사랑해 주시는 아저씨가 좋습니다,

어느 해 겨울 맑게 개인 날 제 등에 장작을 잔뜩 싣고 아저씨와 읍내를 향해 길을 떠났습니다. 읍에 도착한 것은 정오 때쯤이었는데, 그날 따라 사람들이 장작이 필요했는지 순식간에 저의 등이 가볍게 느껴졌습니다. 기분이 좋으셨던지 아저씨도 저에게 배불리 죽을 주었습니다.

얼마쯤 돌아오다 보니까 별안간 하늘이 흐려지고 차디찬 북풍이 내리 불더니 진눈깨비도 뿌리기 시작했습니다. 진눈깨비를 맞자 몸이 시렸습니다. 다행히 이때 아저씨가 저를 데리고 주막으로 들어갔습니다. 그리고 다행히 눈이 금방 그쳤습니다. 그러자 다시 길을 서둘러 떠났는데, 반도 못 와서 짧은 겨울 해가 산 저쪽으로 넘어가 버렸습니다.≫

(2) 「햇빛과 별빛의 요술사」에서 생각해 봅시다.

- 문체의 특징을 살펴봅시다.
- 이 작품의 처음 시작부분에 대해 토론하여 봅시다.
  처음 시작에서 묘사가 너무 길어서 지루한 느낌이 든다. 어느 부분을 생략하면 좋을까 생각하여 봅시다.
- 이 작품의 뒤를 이어서 써 봅시다.
- 주제를 어떻게 표출하느냐 하는 문제를 토론 해 봅시다.
- 「황소와 도깨비」는 사건 발생의 시간적 순서를 바꾸어도 재미있는 이야기가 될 수 있다. 예를 들면 다음의 인용부분에서부터 시작하면 독자들도 '왜 그럴까' 하고 호기심이 생긴다. 그러나 「햇빛과 별빛의 요술사」는 사건 발생의 순서가 바뀌면 「황소와 도깨비」에서 사건의 순서가 바뀌는 만큼의 효과는 없다. 왜 그럴까를 생각해 보고, 사건의 서술 즉 플롯에 대해 토론해 봅시다.

≪돌쇠의 황소는 전보다 10배나 힘이 세어졌던 것입니다. 그 이튿날부터는 장작을 산더미 같이 실은 구루마라도 끄는지 마는지 줄곧 줄달음질 쳐서 내뺍니다. 그전에는 하루 종일 걸리던 장터를 이튿날부터는 아무리 장작을 많이 실었어도 하루 세 번씩을 왕래했습니다.

돌쇠는 걸어서는 도저히 따라갈 수가 없어서 새로 구루마를 하나 사서 밤낮 그 위에 올라타고 다녔습니다. 얘, 이건 참 꿩장하다……하고 돌쇠는 하늘에나 오른 듯이 기뻐했습니다. 따라서 전보다도 훨씬 더 소를 귀애하고 소중히 여기게 되었습니다.

자, 이러고 보니 동리에서나 읍에서나 큰 야단입니다. 돌쇠의 황소가 산더미 같이 장작을 싣고 하루에 장터를 세 번씩 왕래하는 것을 보고 모두 눈이 뚱그랬습니다. 그 중에는 어떻게 해서 그렇게 황소의 힘이 세어졌는지 부득부득 알려는 사람도 있고 또 달래는 대로 돈을 줄 터이니 제발 팔아 달라고 청하는 사람도 있었으나 빙그레 웃기만 하고 대답도 하지 않았습니다.≫

(3) 강소천의 「꿈을 찍는 사진관」을 읽고 생각하여 봅시다.
다음은 「꿈을 찍는 사진관」의 일부분이다.

≪나는 남쪽을 향해 또 걸었습니다. 지금 온만큼 가니까 정말 또 집 한 채가 보였습니다. 나는 참 잘 왔다고 좋아라 집문 앞으로 갔습니다. 그러나 아까보다 좀 더 크게 실망하지 않을 수가 없었습니다. 아까와 꼭 같은 글이 문 앞에 붙어 있었습니다. 아니 꼭 한 자만 틀립니다. 그것은 남쪽 2km가 아니라 서쪽 2km라고 씌어 있었습니다.

나는 조금 주저하였습니다. 그러나 나는 한 번만 더 속아보자 하고 또 서쪽을 향해 걸어갔습니다. 마침내 나는 꿈을 찍는 사진관을 찾은 것입니다.

이런 산중엔 어울리지 않을 만큼 커다랗고 훌륭한 양옥집이었습니다. 벽과 창문만이 아니라 지붕까지 새 하얀 집, 다만 정문에 커다랗게 써 붙인, <꿈을 찍는 사진관>이라는 일곱 글자만이 파란 하늘빛이었습니다. 나는 문을 두드렸습니다.

"누구시오? 들어오시죠!"

낮고 부드러운 목소리가 안에서 들려왔습니다. 나는 문을 열고 안으로 들어갔습니다. 하늘빛 파란 가운을 입은 점잖은 신사 한

분이 하늘빛 파란 안경을 벗어 테이블 위에 놓으며 회전 의자에서 일어났습니다.

"어떻게 오셨지요?"

"저어…… 여기가 꿈을 찍어 주는 사진관입니까?"

"예, 그렇습니다."

"어떻게 찍지요?"

하고 나는 꿈을 찍는 방법을 물었습니다. 그랬더니 그는 내게 조그맣고 얄팍한 책 한 권을 주며, 저쪽 7호실에 가 앉아 소리 내지 말고 읽어보라고 했습니다. 나는 7호실을 찾아갔습니다. 1호실 다음엔 3호실, 그 다음이 5호실, 바로 그 다음이 7호실입니다. 어쩌면 사진관이 꼭 여관집과도 같습니까. 나는 그제야 이 집의 방 번호는 모두 홀수만으로 되어 있다는 것을 알았습니다.

벽과 천장까지 새하얀 방.

들어가는 문 밖엔 들창 하나도 없는 방입니다. 나는 그 방에 앉아 지금 받은 얄팍한 책을 펴 들었습니다. 빛이라곤 들어올 곳이 조금도 없습니다. 8포인트 활자만큼 작은 하늘빛 글씨가 어쩌면 그리도 잘 보입니까.

꿈을 찍으시려는 분들에게!

이렇게 멀리서 찾아오신 손님에게 먼저 뜨거운 감사를 드립니다. 당신께서 이곳까지 찾아온 데는 두 가지 뜻이 있을 줄 압니다. 그 하나는 신기한 것을 즐기는 마음이요, 또 하나는 무척 그립고 보고 싶은 사람이 있기 때문일 것입니다.

사실 당신이니 말이지만 오늘 저 세상 사람들은 오늘의 문명을 자랑해서 '텔레비전 시대'라고 합니다. 그러나, 지금 내가 새로운 실험을 하고 있는 이 일에 비하면, 그까짓 것이 다 무엇입니까? 문제도 안 되는 것입니다.

오늘, 더욱이 6·25 사변을 치르고 난 우리들에겐 많은 잃은 것 대신에 가진 것은 안타깝게 보고 싶고 그리운 얼굴들입니다. 눈에 보이지 않는 것 중에 우리에게 없지 못할 가장 귀한 것의 하나는 과거를 다시 생각할 수 있는 '추억'이라는 것입니다.

우리는 옛날을 다시 생각하기 위해서 묵은 앨범을 꺼내서 사진 위에 머물러 있는 지난날의 모습들을 바라봅니다. 그러나 사진이란 다만 추억의 그 어느 한 순간이요, 그 전부는 아닙니다. 정말 아름다운 추억이란 흔히 사진첩 속에서는 찾아보기 어려운 것입니다. 우리는 그런 불완전한 것이나마 사변으로 인하여 거의 잃어버리고 말았습니다.

그러나 요행히 우리에겐 꿈이란 것이 있습니다.

이미 저 세상에 가버리고 없는 그리운 얼굴들도 꿈에서는 서로 만날 수 있습니다. 남북으로 갈려 서로 만나지 못하는 사이라도 쉽게 만날 수 있습니다. 꿈길엔 삼팔선이 없습니다. 정말 꿈을 꿀 수 있는 것은 얼마나 행복한 일입니까?

그러나 이 꿈이란 사람의 마음대로 꿀 수는 없는 것입니다.

아무리 그립고 보고 싶은 얼굴이 있어, 꿈에 보려고 애를 써도 뜻대로 잘 안 되는 수가 많습니다. 그러다 어떻게 잠깐 꿈을 꾸게 된다 해도, 그 꿈이 곧 깨면 한층 더 안타까운 것뿐입니다.

여기에 생각을 둔 나는 이번 꿈을 찍는 사진기를 하나 발명했습니다. 이는 결코 거리의 사진사들처럼 영업을 목적한 것이 아닙니다.

내게는 안타깝게 그리운 아기가 있습니다. 나는 그 아기의 사진까지를 송두리째 잃어 버렸습니다. 내가 이 사진기를 만들게 된 것이 그 때문인지도 모릅니다.

자, 쓸데없는 이야기가 길어졌습니다.

그럼, 인제 꿈을 찍는 방법을 설명해 드리지요. 무엇보다도 그것이 더 궁금 하실테니까요. 지금 당신이 앉아 있는 방에서부터 나오는 가는 빛이 있습니다. 그 빛은 바로 사진기가 놓여 있는 곳과 연결되어 있습니다. 그래서 당신이 꿈을 꾸기만 하면 그 꿈은 곧 사진기 렌즈에 비치게 됩니다. 꿈이 비치기만 하면 사진기는 저절로 철커덕 하고 사진을 찍어버리는 것입니다. 필름에 사진이 찍히면 곧 현상하여 손님의 요구대로 크게 또 작게 인화지에 옮깁니다.

그런데 문제되는 것은 꿈을 꾸는 일입니다. 어떻게 짧은 시간에 꿈을 꿀 수 있으며, 또 꿈을 꾼다해도 그것이 정말 자기가 사진에 옮기고 싶은 꿈을 꾸겠느냐하는 것입니다.

실로 내가 제일 오랫동안 연구에 고심을 한 것이 이것입니다. 꿈을 찍는 것쯤은 이것에 비하면 식은 죽 먹기였습니다. 그 문제를 풀기 위해서 나는 잠 못 이루는 밤을 오래 가졌고 무수한 실패를 거듭했습니다. 그러나 나는 실망하지 않았습니다.

마침내 나는 마음대로 꿈꿀 수 있는 방법을 발견했습니다. 실로 이것은 세계적인 아니 세기적인 발명이 아닐 수 없습니다.

자, 그럼 당신도 곧 그리운 이를 만나는 꿈을 꾸십시오. 그리운 이의 꿈을 사진 찍어드릴 텐데. 그 방법, 당신이 있는 방 한구석에 종이 한 장과 만년필 한개가 놓여 있습니다. 당신은 그 종이에 그 파란 잉크로 당신이 만나고 싶은 이와의 지난날의 추억의 한 토막을 써서 그걸 가슴속에 넣고 오늘밤을 주무십시오. 내일 날이 밝으면, 당신은 지난밤에 본 꿈과 꼭 같은 사진을 가지고 집으로 돌아갈 수가 있을 겁니다.

한 가지 미안한 것은 이곳은 산중이어서 손님들에게 대접할 음식이 준비되어 있지 못합니다. 미안하지만 하룻밤을 그냥 주무셔 주십시오.

꿈을 찍는 사진관 올림

나는 종이쪽에 이렇게 썼습니다.

살구꽃 활짝 핀 내 고향 뒷산, 따스한 봄볕을 쬐며, 잔디 위에서 같이 놀던 순이, 노랑 저고리에 하늘빛 치마, 할미꽃을 꺾어 들고 봄 노래 부르던 순이, 오늘 밤 정말 우리는 만날 수 있을까?

아직 해가 지기엔 시간이 좀 남아 있을는지 모릅니다. 그러나 내가 글 쓴 종이를 가슴에 품고 방바닥에 눕자, 방은 그만 컴컴해졌습니다. 정말 신기한 일입니다. 그러나 나는 잠이 오질 않았습니다. 샘처럼 솟아오르는 지난날의 추억들. 정말 내가 민들레와 할미꽃을 좋아하는 까닭은 순이 때문이었는지도 모릅니다.

순이의 그 노랑 저고리가 어쩌면 그 때 내 마음에 그렇게도 예뻐 보였을까요?

"순아! 오늘은 정말 네게 꼭 할 말이 있어. 감추려고 했지만, 역시 알려주는 것이 좋을 거야. 그렇지만 순아, 울어서는 안돼! 응?"

"무슨 얘기냐? 어서 말해줘!"

"정말 안 울테냐?"

"울긴 왜 우니? 못나게……"

"그래! 픽하면 우는 건 바보야, 울지 말아, 응?"

"그래! 어서 말해!"

"저어……"

"참, 네가 바보구나. 왜 제꺽 말을 못하니? 아이 갑갑해~ ! 어서 말해 봐!"

"저어 말이지, 이건 정말 비밀이야. 우리 아버지도 어머니도 그랬어. 아무에게도 미리 얘기해서는 안 된다고. 그렇지만 난 네겐 숨길 수 없어. 우리는 며칠 있으면 삼팔선을 넘어 서울로 이사를 간단다. 여기서야 살 수가 있어야지. 지난해 8월 해방이 되었다구 미칠 듯 즐거워 했지만, 우리는 토지와 집까지 다 빼앗기지 않았어, 지주라구. 그리구 우리를 딴 데루 옮겨가 살라구 그러지 않아. 빈손이라도 좋아, 우리는 맘놓고 살 수 있는 자유로운 곳을 찾아가야해……"

"애 나보고 울지 말라더니, 제가 먼저 울지 않아?"

초등학교를 졸업하면 중학교는 원산이나 함흥에 같이 가자던 순이. 너와 내가 갈린 것은 초등하교 5학년 때……

이 얼마나 위대한 발명입니까? 생각한 대로 곧 꿈꿀 수 있고, 그 장면을 곧 사진에 옮길 수 있다는 것은. 잠을 깬 것은, 아니 꿈을 깬 것은 아침이었나 봅니다. 통 밖의 빛이 방안에 비치지 않아 때를 알 수가 없었습니다. 내겐 시계도 없었습니다. 나는 자리에서 일어나 방문을 열고 사진사가 있는 방으로 가려고 하였습니다. 그러나 문을 밀었으나 문은 밖으로 잠겨져 있었습니다. 내가 손잡이를 돌리자 내 앞에는 한 장의 종이쪽이 날아 떨어졌습니다.

아직 시간이 이릅니다. 그냥 거기서 2시간만 더 기다려 주십시오. 그러면 사진을 가져다 드리겠습니다.

꿈을 찍는 사진관 주인 올림

옳아. 아직 두 시간 더 있어야 된단다. 내가 너무 일찍이 일어났는지도 몰라. 날이 아직 밝지 않았을까? 그 동안 나는 어제 저녁 순이와 고향 뒷산에서 꽃을 따며 놀던 꿈을 다시 되풀이 해보자. 얼마나 아름답고 즐거운 꿈이었나! 사진은 어느 장면을 찍었을까? 나와 순이가 나란히 살구나무 그늘에 앉은 장면일까? 그렇지 않으면 순이가 노래를 부르는 장면일까? 그렇지도 않으면 순이가 내게 할미꽃을 꺽어 주는 장면일까?

내가 사진관 주인에게 아직 채 마르지도 않은 사진 한 장을 받아 들었을 때, 나는 깜짝 놀라지 않을 수가 없었습니다. 그것은 순이와 나의 나이 차이였습니다. 실지 나이로는 순이와 나는 동갑입니다. 그런데 사진에는 여덟 해나 차이가 있는 게 아닙니까?

순이의 나이는 열 두 살 그냥 그대로인데, 나는 지금의 나이 스무 살이니까요. 그 동안 나만 여덟 해 나이를 더 먹은 것입니다. 생각하면 그도 그럴 수밖에 없는 일입니다. 사실 순이도 북한 땅 어디에 그냥 살아 있다면 꼭 내 나이와 같을 게 아닙니까. 그러나 나는 그 뒤의 순이를 본적이 없습니다. 내 마음속에 살아 있는 순이는 언제나 열 두 살 그대로입니다. 스무살이면, 제법 처녀가 되었을 순이. 머리채를 치렁치렁 땋았을까? 제법 얼굴에 분을 발랐을지도 몰라. 지금은 노랑 저고리와 하늘빛 치마가 어울리지 않을 거야. 모처럼 찍어 준 꿈 사진도 그런 걸 생각하니 우습기 짝이 없습니다.

그러나 내게 있어서는 이게 제일 귀한 보물이 아닐 수 없습니다. 사진을 가슴에 품은 채, 사진관 주인에게 몇 번이나 감사를 드리고 나는 그 곳을 나왔습니다.

벌써 아침해가 하늘 높이 올랐습니다. 하루를 꼬박 굶었으나 나는 배고픈 생각이라곤 전혀 없었습니다.

내가 처음 앉았던 뒷동산에 와 앉아 다리를 쉬며 가슴속에 간직했던 사진을 꺼냈을 때, 나는 또 한번 놀라지 않을 수 가 없었습니다. 분명히 내가 넣었던 곳에서 꺼냈는데, 내가 사진관에서 받아든 순이와 같이 찍은 사진은 아니었습니다. 그것은 개가 좋아하는 동화집 갈피 속에 끼어있던 노란 민들레꽃 카드였습니다.≫

- 이 작품의 배경에 대해 토론하고, 시대적 배경을 바꾸어 써 봅시다.
- 결말에 대해 토론하고, 다른 결말을 구상하여 봅시다.
- <꿈을 찍는 사진기>가 있다면 어떤 것을 찍을 것인가 써 봅시다.

(4) 앞의 설화를 읽고 생각해 봅시다.

- 「임금님은 당나귀 귀」에 나오는 두건을 만드는 사람을 주인공으로 하여 동화를 써 봅시다.
- 「거타지의 꽃」를 읽고 거타지를 주인공으로 하여 사건을 구성하고 애니메이션 스토리를 써 봅시다.

- 「지하국대적퇴치설화」를 읽고 결말에 대해 토론하고 「황소와 도깨비」의 결말을 어떻게 바꾸어 볼 것인가 토론하여 봅시다.
- 「누가 진짜냐?」를 읽고 어린아이의 마음속에 숨은 그림자를 화자로 하여 작품을 써 봅시다.
- 「도깨비 이야기」를 읽고 사건의 반복을 응용하여 작품을 써 봅시다.

제 4 장 아동문학과 작가

1. 외국의 작가

예수, 석가모니, 그리고 예언자들

아동 문학의 작가들의 계보를 따지자면, 그림 형제나 안데르센에서 시작하는 것이 일반적인 순서일 것이다. 그러나 여기에서는 조금 더 거슬러 올라가 아동 문학의 기본적인 특성에 주목하여 그 작가들을 살펴보고자 한다.

잘 알려져 있다시피, '아동 문학' 자체는 근대적인 분류체계에 기반한 '아동'의 출현 이후에 성립한 것이다. 문예사조적·철학적으로는 근대에 들어 유행한 낭만주의적 사고가 '아동'을 순진무구함, 지상에 존재하는 이상향의 한 표상으로 다룸으로써 아동 문학의 심미적인 기반이 마련되었다.

그러나 아동 문학의 뼈대를 이루는 구조나 형식은 이미 오랫동안 존재해 왔던 것이었다. 다시 말해서 이미 옛날부터 존재해 왔던 이야기의 형식들이 '아동의 발견'을 기화로 아동 문학으로서 규정되었던 것이다. 그러한 이야기 형식들은 아동 문학의 근저를 이루며 계속해서 아동 문학의 특징을 대표해 왔다.

특히 가장 잘 알려진 아동 문학의 형식은 우화(寓話;Fable)이다. 우화란 '도덕적 명제나 인간 행위의 원리를 예시하는 짧은 이야기'인데, 그 결말은 서술자나 등장 인물들 중 한 사람이 경구의 형식으로 도덕적인 내용을 진술한다. 이와 비슷하지만 조금 다른 것이 비유담(比喩談;parable)인데, 비유는 그 구성요소들과, 서술자가 듣는 이들에게 일깨워 주고자 하는 명제나 교훈 사이에 있는 묵시적이지만 면밀하게 고안된 유사성을 강조하기 위하여 표현되는 짧은 서술체이다. 이는 예수가 민중을 가르치며 주로 사용한 수단이었다. 잘 알려진 착한 사마리아인이나 돌아온 탕자, 무화과나무의 비유 등은 상징을 통해 종교적 교훈을 암시하면서 동시에 아동을 위한 동화로 약간의 윤색을 거쳐 자주 인용되있다.

석가모니가 자주 쓴 방법도 역시 비유였다. 불경에는 예수가 쓰는 방식과 유사한 비유담과 우화가 자주 등장한다. 동서양을 불문하고 선지자들, 예언자들이 비유를 즐겨 사용한 까닭은 진리에 대한 접근 방식이 비슷했기 때문이다. 즉 진리란 말로 명확하게 규정 내리기엔 너무나 심오하고 복잡한 것이었으므로, 비유를 통한 순간적인 깨달음만이 진리의 본질에 육박해 들어갈 수 있다는 식의 생각이 예언자들의 문법이었다.

이런 생각은 아동 문학이 '순수'나 '동심'을 다루기 위해, 그것을 설명하려 하지 않고 나름의 이야기 구조를 지닌 서술체를 제시하는 태도와도 유사하다고 할 수 있다. 즉, 아동 문학의 기원에는 종교적인 신앙과도 유사한 본질주의적 태도가 숨어 있다.

이솝

이솝은 기원전 6세기경에 살았던 인물이라고 전해진다. 그에 관해서는 기원전 5세기경에 쓴 헤로도토스(Herodotus)의 『역사 Historia』에 기록되어 있다. 그의 기록에서 분명한 것은 기원전 5세기 후반에는 이솝(Aesop)의 이름이 그리스에선 이미 널리 퍼져 있어서 수많은 비유 이야기, 우화의 작자로서 인정되어 있었다는 사실이다. 그러나 그럼에도 불구하고 이 유명한 이솝의 생애에 대해서는 별로 알려져 있지 않다. 이솝이란 인물은, 사실은 실제로 존재한 것이 아니고 사람들이 우화의 작자로서 상상으로 만들어낸 가공 인물에 지나지 않는다는 주장도 있다. 즉 집단적인 창작물들을 통칭해서 이솝우화라고 칭했다는 것이다.

어쨌든 헤로도투스가 기록으로 남긴 이솝에 대한 정보는 이러하다.

첫째, 그는 이집트의 아마시스왕(기원전 6세기 중엽) 시절에 살았다.

둘째, 사모스인 이아드몬이라는 사람의 노예였다.

셋째, 아폴로 신전이 있는 델포이(Delphi or Delphos)에서 그곳 사람들에게 피살되었다.

설사 이솝을 실제 인물로서 인정한다고 해도 이솝의 우화로서 전해져 오는 그 모두가, 이솝에 의해 처음으로 만들어진 것이 아님은 물론이다. 그렇다면 이솝은 그리이스에서 구전되어 내려오는 우화들을 집대성한 인물로 봐도 좋을 것이다. 또한 후세의 사람들에 의해 만들어진 우화들도 또한 우화의 권위자인 이솝의 소산으로 돌려진 경우도 많으리라 추측된다.

우화(Fable) 중에서도 중심적인 형식은 동물 우화(beast fables)이며, 동물 우화의 대표적인 경우가 이솝우화이다. 동물들은 그 동물이 대표하는 인간 유형의 역할을 맡아 인간처럼 말하고 행동한다. 그리고 그 결과로 도덕적인 교훈이나 인간 본질, 처세술에 관한 깨달음을 얻는다. 예를 들어 여우는 포도를 먹으려고 애쓰다가 포기하면서 '아마 저 포도는 신맛이 날거야'하고 중얼거린다. 인간들은 자기 힘으로 어쩔 수 없는 것은 포기하면서 스스로 자기를 위로하는 방법으로 그 가치를 평가절하하고 만다는 우의(寓意 Allegory)를 전해주고 있는 것이다.

이솝우화는 어린이를 위한 것은 물론 아니었으며, 일종의 처세술 교범으로서 구전되어 왔던 것이다. 이것이 본래의 성격이 걸러지고 걸러지면서 근대 초기의 유럽에서 도덕적인 교훈 쪽을 강조한 이야기들이 현재의 이솝우화이다. 그러나 이솝은 난쟁이인 노예였다고 전해지는데, 그의 우화는 신체적 불구자로서, 노예로서 어떻게 처신해야 살아남을 수 있는가가 하는 이야기를 담고 있다. 그러나 그가 발휘한 지혜는 오늘날에도 살아가면서 사회나 직장에서 어려운 난관에 빠졌을 때, 기억하게 되는 훌륭한 처세술을 보여주고 있다.

이솝의 우화가 수많은 판본으로 갈라지고 재해석되고 있는데 '개미의 성실'을 '피지배자의 순응주의'로 읽고 '베짱이의 무능력'을 '예술가의 여유'로 읽는 시각들이 대두할 여지를 남기고 있기 때문이다.

이솝우화는 수많은 우화적 이야기들의 원천으로서 큰 의의를 지닌다. 해석의 다양성이 가능하고 변이가 끊임없이 일어난다는 것은 그만큼 본래의 텍스트가 설정하는 구도나 성격들이 보편적이며, 튼튼한 것이었다는 사실을 보여주는 것이기도 하다. 이솝우화는 도덕적·교훈적인 우화의 틀에서 벗어나 때로는 아주 높은 문학적인 성취의 근원이 되어 왔다.

아라비안 나이트

아라비안 나이트의 작가는 이솝우화와 마찬가지로 명확히 밝혀져 있지 않은데, 여러 작가들에 의해 되풀이 윤색된 결과물인 것으로 추측된다. 아라비안 나이트가 현재처럼 유명해진 까닭은 유럽의 동양적인 것에 대한 동경과 맞물려 있다. 낭만주의적 사조는 신비롭고 이국적인 아랍의 문학에 관심을 돌렸고 아랍을 무대로 한 여러 가지 이야기를 통칭하는 개념인 '아라비안 나이트'는 유럽인들에게 아주 인기를 끌었다고 한다. 18-19세기에 들어서 유럽 중산층 가정의 아이들의 독서 목록에는 이 아라비안 나이트가 거의 대부분 포함되어 있었으므로, 아동 문학의 발달사에서 빼놓을 수 없는 중요한 저작이라고 보아도 좋을 것이다.

유럽문학에 아랍권이 영향을 주기 시작한 것은 초기 스페인의 서정시인과 13세기 프랑스의 우화시와 콩트였다고 하는데, 세익스피어의 「오델로」나 「베니스의 상인」에는 무어인과 모로코의 왕자가 등장하는 등 아랍문화, 아랍문학의 영향은 일찍부터 있었을 것으로 보인다.

아랍적인 요소는 오리엔탈 경향이라는 이름 아래 종종 페르시아와 인도의 것과 혼동되면서 19세기를 통해 계속되었다. 『천일야화』만이 이러한 낭만적 시류를 만든 것은 아니지만, 오리엔탈 경향은 유럽의 이국(異國)에 대한 갈망과 지식층의 관심을 자극하여, 유럽문학의 범위를 상당히 넓혔으며 그 심상과 언어를 풍부하게 하였다.

아랍문학은 아랍의 예술적이고 지적인 성취를 완성시킨 것 이외에도, 서구의 가장 오래된 유산 중의 하나로서 존재한다. 아라비안 나이트로 알려진 『천일야화』만큼 서구의 상상력을 자극한 동양문학작품은 없을 것이다. 신나고 로맨틱하며 재미있고 항상 유쾌한 향락적 세계관을 바탕으로 한 이야기를 모아놓은 이 책은 아랍, 그리스, 페르시아 그리고 인도를 기원으로 한다. 이 이야기들은 10세기에 아랍의 작가들에 의해 모아져 묶여졌으며, 배경은 바그다드와 카이로를 주무대로, 인물들은 아랍인들로 바뀌었다. 종종 실화에 대한 신랄한 해학도 있지만 대부분은 창작인 이 책은 주로 전문적인 이야기꾼에 의해 중동지역에서 대단한 인기를 누렸다. 또한 유럽에서 출판되었을 때 그 인기는 대단했다고 전해진다. 1704년 프랑스인 겔랑(Galland)이 번역한 첫 불어판은 바로 영어판으로 번역되었고 큰 인기를 누렸다. 그후 새로운 번역판들이 이어졌고 현재 베스트셀러로 자리잡았다.

사람들은 이 책에서 유럽문학에는 없는 로맨스와 모험적인 요소들을 찾았다. 또한 천일야화는 「걸리버 여행기」와 「로빈슨 크루소」와 같이 성인 독자를 위해 쓰여졌지만 나중에는 아동을 위해 손질되어 가장 대표적인 아동 문학으로 자리잡은 유명한 유럽 소설들의 기원이 된다.

모험 소설의 작가들

「아라비안 나이트」에 의해 자극받은 유럽의 모험 소설들은 더 크게는 유럽의 세계 정복과 탐험의 시대라는 당대의 분위기에 의해 산출되었다.

다니엘 데포우의 「로빈슨 크루소」(1719)는 선장과의 불화로 배에서 추방되어 실제로 무인도에서 4년간 혼자 산 셀커크라는 인물의 실화를 모델로 한 소설이다. 이것은 어떤 면에서는 실존적인 주제를 다루는 진지한 소설이고, 혼자 문명세계를 무인도에 구축한다는 근대적인 비젼과 이성에 대한 신뢰로 가득한 책이기도 하며, 프라이데이라는 원주민을 노예로 삼는 등 백인 우월주의적인 면이 엿보이는 이야기이기도 하다. 그러나 당대에 엄청난 베스트셀러였으며 작가의 여행가, 상인, 정치가, 언론인 등 다양한 인생 편력이 반영된 작품이다. 데포우의 인생 경험은 당시 서구의 경험과 사고를 반영한 것이었을지도 모른다.

이 소설의 흥미진진한 점은 고독한 한 인간이 동물의 수준으로 떨어지지 않고 문명인으로서 고립되어 존재한다고 본 것인데, 유럽 이외의 다른 대륙을 무인도로 간주하여 정복하고 서구의 가치관을 이식시켰던 유럽의 역사적 경험이 투영되어 있는 것으로 읽힌다. 또한 이것이 아동 소설로 윤색되어 성인 소설일 때보다 더욱 폭넓게 퍼져나간 것은 위와 같은 사고가 당대에 일반화된 것이었기 때문이다. 아이들은 모험과 이국 충동에 열광하면서, 동시에 유럽적인 이데올로기를 배웠던 것이다.

조나단 스위프트의 「걸리버 여행기」(1719)는 일종의 정치풍자소설이지만, 괴상한 나라, 이국적인 풍물, 환상적인 이미지 때문에 아동 도서 속에 편입되었다. 걸리버의 여행은 네 차례에 걸쳐 계속되지만 아동용으로, 개작되어 성공한 것은 소인국에 잡혀간 걸리버의 여행담을 다룬 첫 번째 권이다. 이 속의 여러 에피소드는 사실 정치적인 함의를 가진 것인데 축소되거나 삭제되었다. 예를 들어 소인국의 귀족들이 계란을 뾰족한 쪽으로 깰 것인가 동그란 쪽으로 깰 것인가를 가지고 다투는 에피소드 같은 경우는 영국의 휘그 당과 토리 당이 벌이던 정쟁을 풍자한 것이었다. 따라서 <걸리버 여행기>는 폭발적인 인기에도 불구하고 오랫동안 금서로 남는 수난을 겪기도 했다.

아동 문학의 본격적인 시작 — 그림 형제와 안데르센

18세기에 이르러 교훈성만을 강조한 아동을 위한 문학에 대하여, 낭만주의자들은 민속동화의 주제들과 내용들을 섬세하게 융합하고 환상과 현실을 넘나드는 창작동화를 대안으로 제시하였다. 이런 시도는 독일의 부르조아들이 민족주의의 발흥과 맞물려 그림 형제의 모음집 「어린이와 가정동화」(1812~1815)를 출간하는 데에 바탕이 되었다.

이 시기에 중산 계급의 시민들이 자녀들을 위한 모범적인 읽을 거리를 찾자, 그 내용과 형식의 문제가 제기되었고, 그림 형제가 그 선구자적 역할을 수행하였다. 그들은 유럽 전체 지역에 보급되었던 많은 민속동화들과, 프랑스의 창작 동화들을 내용적, 문체적으로 가공하였다. 이들의 모음집 개작은 시민적 가치와 민족주의적인 요소들의 부각을 분명하게 보여준다. 백설공주와 신데렐라 이야기의 이상적이고 순종적인 여성상, 남자주인공들의 현명함과 용기 등이 대표적인 경우로, 이들의 「어린이와 가정동화」는 시민적 사회화의 규범적인 기대에 일치하는 고전적인 것으로 수용되고 있다.

그림 형제는 형 야콥 그림(1785-1863)과 동생 빌헬름 그림(1786-1895)를 가리킨다. 이들은 옛날 이야기, 전설, 우화 등을 차근차근 수집하였는데 특히 19세기 초 민족적인 것, 민속적인 것, 전설 등이 창작 문학에 있어서 가장 중요한 요소로 강조되는 분위기에 힘입어 그림 형제는 문학적인 것의 궁극적인 기반을 자신들의 수집물에서 찾았던 것이다. 낭만주의적인 민족성 이데올로기를 이끈 이들은 현대로 이어지는 민족중심적, 향토중심적인 사고와 아동문학과의 관련성을 최초로 수립하였으며 독일 민속학의 대부이기도 하다.

1835년 『어린이를 위한 동화집』을 발표하였다. 출판 당시에는 호응을 얻지 못했던 이 책은 덴마크에도 몰아치기 시작한 민족주의에 의해 고양된 민간설화와 전설에 대한 관심에 힘입어 계속해서 작품을 발표하면서 점점 큰 인기를 얻었고 곧 안데르센을 국내외로 가장 유명한 작가로 만들었다.

무엇보다도 이 책은 설화나 민담을 생생한 구어체로 표현했기 때문에 가치가 있다. '아이들에게 들려주듯이' 쓰이는 데에 역점을 두고 서술된 것이다. 안데르센은 그림 형제같은 민속학을 연구하는 학자가 아니었고 문학인의 길을 걷던 인물이었다. 따라서 안데르센의 동화집에 수록된 이야기들은 안데르센의 창작 의도에 맞추어 변형되었기 때문에 민담의 원형과는 많은 차이를 보이며, 문학적인 특성이 역력하다.

안데르센의 집안은 가난했고 부모들도 자주 싸웠으며 안데르센은 병자들과 이야기를 나누고 민담을 듣는 재미에 푹 빠진 고독한 아이였다고 한다. 안데르센은 소설 「즉흥시인」의 성공과 동화집의 출간으로 입지를 굳히지 전까지 혼자 힘으로 부대끼며 많은 고생을 했다. 안데르센의 외로움은 죽을 때까지 극복되지 못했으며 성공적인 사랑을 해보지도 못했고 독신으로 죽었다. 그는 문학적인 성공으로 고독을 극복하려 시도했지만 당시의 사람들은 그의 이런 '동화'적 삶에의 시도를 비웃었다.

이런 안데르센의 전기적 사실은 그의 동화가 안데르센의 왜곡된 심리가 투영된 것이라고 보는 비판적 시각을 낳았다. 안데르센은 구어체에 환상적인 묘사나 소재를 담아 잘 다듬어진 이야기를 창작하면서도 바로 그런 성향 때문에 신, 신비, 종교 등에 관한 보수적 집착을 보여주기도 한다. 안데르센의 동화집에는 기독교적인 요소들, 자연의 본성인 고귀함, 등장하는 어린이들의 방정하고 얌전한 품행에 대한 교훈을 제시하려는 시도 등이 엿보이는 것이다.

안데르센의 업적은 본격적인 아동 문학의 창작과 민담, 전설의 일방적인 수용 사이에 다리를 놓은 점에 있다. 그의 동화집은 분명히 민담과 전설의 모음집이지만, 더욱 분명하게는 작가의 테마와 주제와 의도, 그리고 독창적인 문체의 특성이 담긴 문학이라고도 말할 수 있다. 아동 문학의 작가들을 살펴 볼 때, 그림 형제와 안데르센이 차지하는 위치는 아주 중요하다.

아동을 대상으로 한 본격적인 아동 문학 — 루이스 캐롤, C.S.루이스

민담의 채록이나 변형도 아니고 성인 문학의 아동 문학화라는 과정을 거친 것도 아닌, 처음부터 아동을 대상으로 쓴 아동 문학이면서 전 세계적인 호응을 불러일으킨 동화를 한 편 들라면 단연 루이스 캐롤의 『이상한 나라의 앨리스』가 첫 손에 꼽힐 것이다.

옥스포드 대학의 수학 강사였던 캐롤은 소녀들에게 특히 관심이 있었다. 평소에 수학적인 장난, 단어 퍼즐, 암호해독법, 논리 게임 등을 즐겼던 캐롤은 같은 학교의 옥스포드 크라이스트 처치 학교의 학장인 라델의 딸 앨리스와 아주 친했고, 앨리스를 위해서 아주 자유분방하고 재치가 넘치는 동화를 한 편 완성했는데 바로 그것이 『이상한 나라의 앨리스』이다.

이 책에 등장하는 얼토당토않거나 기괴하거나 코믹한 모든 등장인물들과 사건들은 상징적으로 해석되거나 심리학적으로 분석되거나 했지만 결국 한바탕 웃어보자는 식의 본래의 창작 목적을 다른 것으로 받아들일 만한 결정적인 증거는 없는 듯하다. 특히 캐롤의 소녀애를 어떻게든 순진함 이외의 것으로 해석하려는 시도들이 눈에 띄는데, 당시 빅토리아 시대에는 소녀들의 미와 순결을 이상화하는 경향이 강했으므로, 캐롤의 소녀들에 관한 관심도 그런 측면에서 그리 이상한 것은 아니었다.

『이상한 나라의 앨리스』가 전세계적인 인기를 얻은 까닭은 그때까지의 아동 문학에 담긴 편견, 즉 교훈과 교육적인 효과가 가장 중요한 것이라는 생각에 반해 대담하고 유쾌한 지적인 재미가 중심이 된 책이었다는 점에 있다.

C.S.루이스는 1898년 태어난 아일랜드 출생의 동화 작가이다. 캠브리지 대학 교수였던 루이스는 1950년부터 56년까지 유명한 『나르니아 왕국』의 이야기 일곱 권을 썼다. 아이들이 오래된 성의 옷장 속으로 들어가 마법의 세계로 들어간다는 유명한 모티프로 시작하는 나르니아 이야기는 이미 아동 고전 문학의 전범 중 하나로 대접받고 있다.

루이스는 『이상한 나라의 앨리스』의 캐롤처럼 아동 문학을 자신의 즐거움을 위해 창작했다고 하는데, 어릴 때부터의 공상이나 독서 경험이 그 주요 테마였다고 한다. 또한 독실한 크리스찬이었던 그의 전기적 사실에 비추어 볼 때 나르니아 왕국의 창조자인 사자 아슬란이나 하얀 마녀 등은 기독교적인 상징으로 읽히기도 한다. 즉 아슬란이 죽었다가 다시 살아나거나 최후의 전쟁을 위해 돌아온다는 설정 등은 성경의 주요 교리들을 아이들을 위해 다시 들려주는 듯한 느낌을 주는 것이다.

나르니아 이야기는 스케일 큰 설정과 플롯, 그리고 등장 인물들의 섬세한 묘사나 환상적이면서 아이들에 대한 따뜻한 시선을 잃지 않는 작가의 태도가 매우 매력적인 동화이다.

아동 문학의 여러 경향들 — 쌩떽쥐베리, 아스트리드 린드그렌, 죠앤 롤링

쌩떽쥐베리는 『남방우편기』 『야간비행』 『인간의 대지』을 쓴 작가이며, 실제 조종사이기도 했다. 그러나 그를 아직도 잊지 못하

게 하는 불멸의 작품은 『어린 왕자』이다. 아동 문학이라고 하기에
는 너무나 철학적이고 아동 문학이 아니라고 보기엔 그 위치를 무
시할 수 없는 이 작품의 저자인 쌩떽쥐베리는 비행을 통해서 빈곤
과 절망을 극복하려고 노력했다고 한다. 그는 조종사 생활을 하면
서 동시에 창작을 했고 1931년 그의 두번째 소설 『야간비행』이 페
미나 상을 수상했다. 또 그는 『어린 왕자』를 집필하면서 모든 것
을 잊을 수 있었고, 부대로 다시 복귀하여 1943년 알제리로 간 후,
강 계곡의 정찰을 마치고 돌아오는 길에 1944년 7월 31일 지중해
에서 그는 그의 소설에서처럼 '구름 속으로' 사라졌다.

쌩떽쥐베리는 프랑스 지폐에 새겨져 있을 정도로 프랑스인의 사
랑을 받는 인물이다. 그것은 신비한 동화 같은 그의 죽음과 전쟁
영웅이라는 점도 작용했을 것이다. 그러나 무엇보다도 『어린 왕
자』만큼 어른과 어린이 모두에게 흥미를 끄는 소설도 달리 없다는
까닭이 클 것이다.

그의 초기 소설들은 죽음 앞에서의 위엄, 고결, 용맹이 주제였으
며, 조종사라는 경력과 맞물려 "이러한 직접적인 기법과 진실을
말하는 재능을 신진 작가에서 볼 수 있다는 것이 놀랍다."는 평가
를 받았다. 생텍쥐페리는 1943년 편집된 『어린왕자』때문에 대중
적인 신화 속의 인물로 자리를 잡게 된다.

『어린 왕자』 첫 부분의 <모자/코끼리를 삼킨 보아뱀> 같은 위트
나, 왕자가 별들을 돌아다닐 때의 별의 주민들을 다루는 풍자적인
면모, <여우가 말했다. "정말로 소중한 것은 눈에 보이지 않는 법
이야." "장미가 네게 그렇게 소중한 것은 네가 그 장미를 위해 보
낸 시간들 때문이야."> 같은 함축적이며 철학적인 문구들은 쌩떽
쥐베리에게 신화적인 명성을 남겨주었다. 그의 『어린 왕자』는 아

동 문학에 깊이 있는 성찰이 가능하다는 점, 그리고 그러한 성찰이 동심의 순수성과 결합하여 읽는 이들을 생각에 빠지게 한다는 점에서 명작으로 평가 받을만 하다.

아스트리드 린드그렌은 스웨덴에서 가장 유명한 작가이며 세계 60개국 이상의 언어로 번역된 책들을 썼다. 린드그렌의 이름을 모르는 사람들도 유명한 『롱 스타킹 삐삐』('말괄량이 삐삐'로 알려져 있다)를 모르지는 않을 것이다. 이 작품의 삐삐는 모든 기성 권위에 저항하는 말썽쟁이 이며 멍청한 어른으로 자라나고 싶지 않아 하는 아이이다. 세계 각지를 돌아다니면서 여행을 하고, 못된 어른들과 대결하면서 삐삐는 통쾌함과 웃음을 가져다준다. 『라이온 하트 형제』(국내에는 '사자왕 형제의 모험'으로 번역되었다)는 삐삐 이야기 같은 장편소설로 병약한 아이가 날아온 비둘기 속에서 자신을 구하고 죽은 형의 모습을 보고 마법의 세계, 죽음 너머의 세계로 이끌려가 수많은 모험을 겪는 이야기이다. 아이들의 고독이나 죽음에 대한 사려깊은 접근이 돋보이며 전투와 모험 장면의 숨막히는 전개, 클라이막스에 등장하는 괴물에 대한 묘사 등이 뛰어나다. 『산적의 딸 로냐』나 여러 단편집들도 국내에 번역되어있다.

린드그렌의 작품은 성인 소설 못지 않은 튼튼한 플롯과 아동 문학 특유의 섬세함이 잘 결합되어 있다. 특히 그녀의 작품에서 주인공을 맡는 아이들은 힘세고 영리하며 아이들의 소망을 실현시켜주는 주인공(로냐, 삐삐, 라이온하트 형제의 형)과 섬세하고 상처받기 쉬우며 외로운 주인공(동생, 그리고 다른 많은 소설들의 주인공들)으로 나뉠 수 있는데 전자는 후자의 소망을 대신 이루어지거나 조력해주는 경우가 많다. 따라서 세계의 폭력에 나름대로의 저

항을 벌이는 아이들의 이야기가 그 주 테마가 된다.

요즘 들어 가장 인기를 끄는 작품인 『해리 포터』 시리즈의 작가인 죠앤 롤링은 제4권 『해리 포터와 불의 잔』(Harry Potter and the Goblet of Fire)도 썼다. 어린 딸의 끼니거리를 걱정하던 가난한 무명작가였던 롤링은 해리 포터 시리즈 1-3집이 세계적으로 3500만부나 팔려나가면서 초대형 베스트셀러 작가로 떠올랐으며 영국 최고 권위의 문학상인 부커상 수상을 두고 성인 문학의 작가와 경합하여 상을 받아 많은 화제를 모았으며 영국에서 작위도 받았다. 이 작품은 물론 누구나 인정하는 고전은 아니지만, 현대의 아동문학이 가지고 있는 잠재력과 그 특성을 보여준다는 점에 아동작가들에게 좋은 위안이 된다.

롤링은 뉴스위크와의 인터뷰에서 '어린이들이 좋아할 것인지를 염두에 두고 글을 써 본적이 없다. 내 자신이 쓰기에 재미있겠다고 생각하는 것을 쓴다.'라고 말했으며 학부모나 비평가들로부터 부적절한 내용을 삭제하라는 압력이 있느냐는 질문에 대해 '전혀 없다. 아동문학은 교과서가 아니다. 교훈을 가르치는 것은 문학이 반드시 끼워 넣어야 할 부분은 아니다. 나는 해리 포터 시리즈가 교훈적인 책이라고 생각하지만 어떤 어린이가 책을 읽고 이것이 교훈이니까 이런 것을 배워야겠다고 하는 것은 생각만 해도 몸서리가 난다.'고 대답하였다.

제1권 『해리 포터와 마법사의 돌』은 해리 포터가 부모를 잃고 자신을 천대하는 친척집에 맡겨지면서부터 시작된다. 포터는 자신이 마법사라는 사실도 모른 채 온갖 멸시와 학대와 모욕을 당하며 계단 밑 벽장에서 불우한 삶을 살아간다. 그러나 열 한번 째 생일

날에 해리는 이 모든 사실을 알게 되고 호그와트라는 영국 최고의 마법 학교에 입학하게 된다. 해리는 마법과 친구들의 도움으로 마왕의 힘으로부터 학교와 마법사 세계를 구하며 그 세계에서 영웅이 된다. 『해리 포터와 비밀의 방』, 『해리 포터와 아즈카반의 죄수』 등 후속작도 고통받는 아이와 숨겨진 잠재력, 환상적인 모험 등을 공통된 테마로 다루고 있다.

이 작품들은 전형적이고 도식적인 환타지의 구조를 따르고 있지만 기발한 착상이나 인물 설정, 신화에서 따온 모티브 등이 긴장감을 잘 유지시켜 준다. 결국 아이들과 어른들 모두 좋아하는 환타지의 공식적인 구조에다가 불행한 아이의 잠재력이 실현되는 과정을 잘 결합시킨 것이 인기의 비결이라고 할 것이다.

해리 포터 시리즈는 현대의 아동 문학 중 상업적이고 박진감 넘치는 모험소설적·환타지적 성향을 잘 결합시킨 사례로 꼽을 수 있다.

2. 한국의 작가

한국의 아동 문학은 최남선의 『소년』지나 『아이들보이』로 기원을 끌어올릴 수도 있겠지만 방정환이 활약한 1920년대로 잡는 것이 보다 합리적일 것이다. 최남선은 계몽주의의 상징으로서, 대상으로서 소년들을 다루었지만 아이들을 미성숙한 존재로서만 간주하고 민족의 미숙함이 자라나기를 바랬기 때문에 방정환처럼 어린이를 어른과 분리된 어린이의 세계를 가진 존재로는 보지 못했다.

또 하나 한국 아동 문학은 식민지에서 자라났기 때문에 그림 형제에서부터 시작된 아동 문학의 민족주의적 경향이 매우 깊었다. 아직까지도 한국의 아동 문학 잡지들은 다른 여타 매체들보다도 더욱 민족주의적인 성향을 깊게 간직하고 있으며 작품들도 '동심'에서부터 그 외연이 확대되면 많은 경우에 민족성의 강조로 이어진다.

방정환(方定煥)

방정환은 우리 나라에서 아동문학·아동문화가 싹을 틔울 수 있게 한 선구자로 평가받는다. 1899년 출생인 그는 일본 동경대학 철학과를 졸업하고 1923년 우리나라 최초의 아동 전문지 『어린이』를 창간하였으며 1931년 사망하였다. 『소파 방정환 문학 전집』과 『사랑의 선물』 등에서 그의 문학 세계를 엿볼 수 있으며 여러 동요, 수필을 썼다.

그는 동화, 동요의 작가이며 사회·문화운동가, 동화구연가, 언론인, 교육자 등의 다양한 활동을 했는데, 기본적으로 철저한 민족주의자였으며 아동문화운동도 그러한 민족운동의 일환으로 생각했다고 한다. 즉 민족재건을 위한 민족의 개조 운동의 연장 선상에서 기성 세대에 희망을 걸 수 없으니 새 세대를 열어나갈 어린이를 중심으로 운동을 펼치고자 한 것이다. 곧 민족의 현재에 대한 절망과 비탄이 어린이에게 역으로 투사된 결과가 그의 어린이 운동이라고 할 수 있다.

그는 소년입지회 천도교청년회, 색동회, 조선소년운동협의회, 조선소년연합회 등의 많은 단체에서 어릴 때부터 활발한 활동을 했으며, 특히 '색동회'는 어린이 운동을 민족 운동으로 연결지은 단체이다. 바로 색동회의 모임에서 '소년'으로 불리던 어린 아이들을 '어린이'라고 부르기로 정하기도 했다. 어린이날의 제정도 1922년 천도교소년회에서 방정환을 중심으로 하여 제정된 날이다. 1923년부터 이 어린이날을 확대하여 기념하고 있다.

『어린이』는 천도교 소년회에서 주관하여 발행되었으며 민족주의적인 성격이 강하다. 권두사나 편집후기, 위인 전기 등에 특히 그런 성격이 잘 드러나 있다. 이 잡지는 근대 한국 아동 문학의 형성에 있어서 빼놓을 수 없는 위치를 차지하고 있는데, 최남선의 『소년』과는 달리 순수 어린이 대상의 잡지라는 점에서 그러하며, 또 동화·동요 등의 장르 의식, 창작 동화의 발굴 등의 공적을 남기고 있다. 마해송, 윤석중, 박목월 등이 모두 이 잡지에 작품을 발표하였다.

그의 『사랑의 선물』은 세계명작동화들을 번역한 것이며, 우리나라 최초의 번역 동화집이다. 그만큼 대단한 인기를 얻어 여러번 인쇄를 다시 찍었다고 한다. 특히 방정환이 가한 나름대로의 한국적인 손질이 번안물로서의 가치를 뛰어넘는다.

방정환이 남긴 동시·동요들은 주로 감성적이며 '눈물'을 다룬 것이 많다. 그는 아이들을 '산 하나님'으로 부르면서 이상화하였기 때문에 당시의 현실과 거리가 생겨 관념적이고 감상적인 작품을 창작하게 되었다는 비판도 받는다. 그러나 그의 동요 <귀뚜라미> <형제별> <가을 밤> 등은 작품 자체로서 우수하며 유교적인 엄숙주의에서 탈피, 아이들의 감정을 중요시했다는 평가도 받는다.

날 저무는 하늘에
별이 삼형제

반짝반짝 정답게
지내더니,

<여원>에 실렸던 '형제별'을 보면 별에 의탁한 형제의 사랑을
볼 수 있다.

마해송(馬海松)

마해송은 1905년 개성에서 태어났으며 1966년 11월 사망하였다.
16세인 1920년에 보성 고등 보통 학교의 동맹 휴학으로 인해 퇴학
처분을 받았다. 그는 문예잡지『麗光』의 동인이었으며 <綠波會>라
는 문학회를 조직해 활동하였다. 또한 방정환, 윤극영 등과 색동회
를 조직해 가담하였다. 이 시기 해송의 글에는 민족 의식과 자유
연애 사상이 드러나며, 소파 방정환처럼 어린이를 주체적이고 인
격적인 존재로서 인식하였다. 20대부터 40세까지는 일본에서 생활
하였다. 그가 창간한『모던 닙본』은 일본의 5대 잡지 중에 들 정
도로 성공을 거두었다고 한다.

많은 수필을 썼으며,「토끼와 원숭이」「떡배 단배」「모래알 고
금」「사슴과 사냥개」,「꽃씨와 눈사람」,「점잖은 집안」,「순이의
호랑이」등의 많은 작품을 남겼다. 특히 교과서에도 실린「바위
나리와 아기별」과 함께「어머님의 선물」은 우리나라 최초의 창작
동화이다.

해송의 동화는 동심을 강조하는 한편, 세태를 풍자하거나 저항
적인 측면도 보인다.「바위 나리와 아기별」,「꼬부랑 새싹」,「눈이
빠진 아이」,「내가 기를 테야」,「새어머니」등의 작품에서는 어린

이를 사랑으로 존중하고 교육에 대한 성인들의 바람직한 태도를 촉구하고 있다. 민족주의적, 정치적 역사인식을 보여주는 작품으로는 해방 후 재연재한 「토끼와 원숭이」가 대표적이며 4.19 이후 창작한 「꽃씨와 눈사람」은 눈사람을 이승만 정권에 비유한 작품이다. 또한 그는 사대사상이나 일본의 침략상 등에 관해 많은 풍자적 동화를 썼는데, 주로 교육적인 입장이 강하다.

「바위 나리와 아기별」은 1923년 『새별』지에 발표된 우리나라 최초의 창작 동화로, 남쪽 나라 바닷가 모래 벌판에 외롭게 피어 있는 바위 나리와 하늘 나라에 살고 있는 아기별의 이야기이다. 아기별은 바위 나리의 애절한 노래에 바닷가에 내려와 매일같이 바위 나리를 만난다. 이 사실을 알게 된 별나라 임금님은 아기별을 내려가지 못하게 하고, 바위나리는 그리움에 바람에 밀려 바다 속으로 사라진다. 아기별도 나리를 잊지 못하고 바다 속에 떨어진다. 그 이후에 바위나리는 매해 바닷가 흐드러지게 피고, 바다 속은 아기별 때문에 환하게 된다는 줄거리를 갖고 있다. 전래동화적인 모티프와 구조이지만 구성이 탄탄하고 묘사적이며 우리말을 잘 구사한 동화라는 평가를 받는다.

윤석중(尹石重)

윤석중은 1911년 서울에서 출생하였으며 서울교동공립보통학교, 양정고보를 거쳐 동경 상지대학 신문학과를 나왔다. 24년 <봄>이 신소년에 입선한 것이 최초이지만, 본격적인 데뷔는 『윤석중 동요집』(1932)를 발간하면서부터이다. 『어린이 신문』을 창간했으며 '아동문화협회'를 이끌었고 <새싹회>를 창립하기도 했다. 그는 한국 아동 문학사에서 가장 유명한 동요 작가라고 할 수 있다. 수많은 양의 작품을 남겼으며 '동시이기 이전에 시여야 한다'라는 주장으로 수준 있는 시를 짓기 위해 많은 노력을 기울였다.

그의 작품들은 낙천주의적이며 대상에 대한 기지가 넘친다. 다만 한편에서는 민족의 비극적 현실을 다루지 않았다는 비난을 받기도 한다. 방정환의 비극적이고 슬픔을 강조한 작품들과는 정반대이다. 그는 특히 동요 창작과 동요 보급에 많은 역할을 했으며 아이들의 입장에서 서술된 시들이 많다. 『윤석중 동화집』에 실린 '고추 먹고 맴맴'이란 재미있는 시를 볼 수 있다. <아버지는 나귀 타고/ 장에 가시고,/ 할머니는 건너 마을 아저씨 댁에./ 고추 먹고 맴맴./ 담배 먹고 맴맴. >에서 후렴이 재미있다.

이원수

마산에서 1911년 출생한 이원수는 15살에 동요 '고향의 봄'이 『어린이』에 당선되어 활동을 시작하였다. 한국아동문학가 협회의 초대 회장이며 여러 상장과 훈장을 받았다. 1944년 이후로는 동화 창작에 힘썼다. 동시집 『종달새』『빨간 열매』 등과 수필집 『영광스런 고독』과 많은 동화집이 있다.

홍난파가 곡을 붙인 노래 '고향의 봄'으로 잘 알려진 이원수는 반세기가 넘게 아동문학 전 장르에 걸쳐 끊임없이 활동을 했으며, 아동문학의 전 장르에 걸쳐 그가 남긴 방대한 글은 1984년 30권의 전집으로 나왔다. 그는 아동문학 분야의 석사 이상의 학위논문 중 가장 많이 다뤄진 아동문학가이기도 하다. 특히 이원수는 아동문학의 평론문학과 이론 분야에서 많은 공적을 세워 아동 문학의 취

약점을 보완한 점이 주목받기도 한다.

초기 시들은, 민족의 수난 속에서 어린이들도 겪게 되는 아픔이 많이 다루어졌다. 귀남이는 집을 떠나 일본 아이를 돌보는데 일본어를 섞어 쓰고 있다. 일제 강점기의 가난 속에서 아이들이 겪는 고통과 가족에의 그리움이 드러난다.

한국전쟁 이후로는 아이들보다는 자기 자신의 내면을 노래하는 동요를 많이 창작했으며, 사색적인 경향이 많아졌다. 이것은 감각적인 경향에서 사실적으로 시적세계가 변화했다는 것을 알 수 있다.

나무야, 옷 벗은 겨울 나무야.
눈 쌓인 응달에 외로이 서서

이 '나무'라는 시는 <나무>에 시적 화자의 정서를 담고 있다. 이원수는 동시가 아이들에 대한 흉내나 모방이 아니라 어린이가 읽고 감상할 수 있는 좋은 시가 되어야한다고 생각했다. 어린이가 읽고 감상할 수 있는 쉽고 좋은 시로서의 동시를 우리 동시가 나아갈 방향으로 본 것이다. 특히 '고향의 봄'이 유명한 동요로서 남아있는 것은 그만큼 우리의 정서에 호소력이 있다는 것으로 그의 동시적 세계를 알 수 있다.

강소천

1915년 함경남도 영흥 출생인 강소천은 영생 고등 보통학교 때부터 동시를 발표하였고, 아동잡지 『새벗』과 문학 전집 등을 출판

하였다. 1930년대에 본격적인 작품 활동을 하였고, 마해송과 함께 어린이 헌장을 기초하였다. 동시극집 『은구슬 금구슬』이 있으며 「봄동산 꽃동산」, 「닭」, 「조그만 하늘」, 「꽃신」 등의 동시가 유명하다. 「꿈을 찍는 사진관」같은 동화나 소년 소설, 수필 등의 창작도 많았다. 1963년 사망하였다.

그는 윤석중 이후에 동시를 더욱 시적인 것으로 갈고 닦은 시인으로 평가받는다. 특히 자연을 예민하게 관찰하고 낭만적인 색채를 가미해 다룬 것이 특징이다.

물 한 모금
입에 물고

하늘 한 번
쳐다 보고.

이 '닭'이란 시는 우리들이 어려서부터 많이 알고 있다. 단순하면서도 반복되는 시적 표현에는 닭을 바라보는 시적 화자의 눈이 맑은 것을 느끼게 한다.

제 5 장 아동문학과 만화

1. 만화의 특성과 역사

아동 문학과 만화는 아주 옛날부터 존속해 왔으면서도 근대에 들어서 새로이 분화되고 정립되었다는 공통점을 지니고 있다. 만화가 그림과 글이 결합된 형상화된 이야기라는 오래된 형식을 만화라는 이름 아래 정립한 것은 19세기 말~20세기 초기이며, 아동문학이 '아동'의 개념이 발전되는 과정에 맞추어 일반 민담·전설 등과 구분되기 시작한 것도 바로 이 시기이다. 그리고 만화는 아동문학을 성립시킨 이 시기의 관념 체계에 의해 하위 장르로, 문화의 변방에 위치해야 할 것으로 취급받으면서 초기의 자기 정체성을 형성하였다.

즉 근대적인 학문과 지식, 사회의 분절 체제가 성립되어 간 것이 근대의 특징 중 하나라면 아동 문학과 만화는 비슷한 근대적 성격의 강요에 의해 초기의 성격을 확립해갔던 것이다.

아동 문학의 기원은 대개 그림 형제같은 이들에 의해 수집된 민담들이 아이들에게 읽히게 되고 비슷한 내용의 동화들이 창작되면서 성립한 것이라고 여겨진다. 처음부터 아이들에게 초점이 맞추어 쓰여진 아동 문학이란 존재하지 않았다고 볼 수 있다. 아이들은 단지 미성숙한 인간으로서만 취급되었을 뿐이다. 아동 문학의 탄생은 자연발생적이다.

그러므로 아동 문학의 심층에 담긴 것은 순수한 동심에 대한 동경이나 순진 무구성이라기보다는 전설과 민담들에 나타난 가식 없는 욕망이나 상징, 원시적 충동이라고 할 수 있다. 이것은 만화도 마찬가지다. 영웅 이야기나 꿈의 세계, 환상적 주제나 장치 등은 만화가 우리의 집단적 무의식의 기억 또는 열망들의 근원까지 거슬러 올라가고 있다는 증거가 된다. '이것들은 역사에서 망각된 어두운 우주를 가로질러 우리의 원시적인 충동과 연결된 일련의 상징적 원형일 수 있다.'[1] 만화가 리얼리티를 거부한다든지, 어린아이의 꿈과 같은 상태를 유지하고 있다든지 하는 지적은 이 같은 만화와 동화가 공유하는 근원의 성격을 지적한 대목일 것이다.

만화와 아동 문학이 근대적 규정 단계 이전부터의 특성을 공유하고 있다면, 만화의 내용적·형식적·규모적 팽창이라는 최근의 현상은 단지 만화만의 것일 수 없다. 만화를 아이들에 한정된 것으로 치부했던 사고 방식은 또 한편으로 아동 문학을 추상적이고 선험적으로 규정한 '동심'으로 얽매는 것이나 비슷한 논리이다.

이렇듯 만화의 발전 양상은 아동 문학에 영향을 끼칠 수 있는 것이며 또 아동 문학의 새로운 경향들은 만화를 그 속에 끌어들일

---

1) 모리스 혼, '만화의세계' 『대중문화의 이해』, 박봉성 편역, 253쪽.

수 있게 할 것이다. 이는 만화나 만화의 스토리 창작, 아동 문학의 창작에 있어서 중요한 시사를 던진다. 미리 규정된 '아이다움'의 틀에 맞추어 동심만을 강요하는 아동 문학이 훌륭한 아동 문학이 될 수 없다는 역설처럼 만화도 '만화다운 것'에만 집착한다면 만화에 씌워진 천박성의 굴레를 떨쳐버릴 수 없다. 아동 문학도 만화도, 자신의 경계를 극복하고 새로운 경지를 개척하려는 노력만이 스스로를 존속시킬 수 있는 것이다.

만화를 말할 때 '만화에나 나올 법한 황당한 일', '진지한 주제에 대한 터무니없는 만화적 표현', '만화나 보는 한심한 놈', '어린 애나 보는 것'… 그러나 뒤집어보면 이런 식의 시각은 한 세기 전까지만 해도 현대의 가장 중심적인 문학 장르인 소설을 그렇게 말하였다. 현실적이지 못하다는 비판은 '마치 소설같다'라는 말로 간단히 대치되어왔으며, 소설을 읽는 행위는 법률, 의학, 경제 등에 관한 서적을 읽는 일보다 한없이 열등한 것으로 간주되었기 때문에 그 자체가 비생산, 무능력의 표상인 것처럼 인식되기도 했다.

만화의 기원을 구석기 시대의 동굴벽화에서 찾는 여러 이론서의 시각에 기댄다면, 만화의 본질은 그다지 변한 것이 아닐 것이다. 마찬가지로 소설도 한 세기 전의 소설과 지금의 소설이 비록 내적으로는 심각한 변모를 겪었을지라도 서사, 즉 이야기에 기대는 글쓰기의 한 장르라는 속성이 변하지 않은 것에 주목한다면 근본적인 면은 달라지지 않았다고 볼 수 있다. 그렇다면 무엇이 소설에 대한 인식의 변화를 가능하게 했는가? 그 자체의 질적 변화가 우리가 눈치채지 못한 사이에 일어났던 것인가? 아니면 과거의 사람들은 미처 그 예술성을 알아보지 못했거나, 의도적으로 무시했거나, 무지(無知)로 인해 몰랐던 것인가?

이것과 똑같은 질문은 2000년대의 초입인 현재 가장 활발한 지위상승을 하면서 대중·비평가의 열광을 받고 있는 영화라는 매체에도 들이대 볼 수 있다. 현재 영화에 대적할 수 있을 만큼 대중의 지지와 '예술적' 가치의 획득을 동시에, 포괄적으로 이룩하고 있는 '예술'의 한 분야는 없다. 이것은 영화 자체의 기술상의 진보, 표현력의 확대, 영화에 대한 진지한 접근 등이 여러 층위로 결합되어 이룩된 결과이지만, 무엇보다도 영화의 상업적인 측면과 막강한 영향력을 무시할 수 없다. 즉 영화의 생산자와 소비자, 그들을 중개하는 배급자들과 비평가들이 서로 겹치고 어긋나면서 만들어내는 수많은 담론들의 한 가운데에서 영화는 성장해 왔던 것이다. 이는 '대중'이라는 자본주의의 소비 주체를 상정하지 않고서는 이해하기 불가능한 대목이다.

우리의 눈앞에서 전개되고 있는 영화의 지위 상승과 권위의 획득을 깊이 들여다본다면 소설의 위치 확립에 대한 시사뿐만 아니라, 만화가 겪고 있는 변화의 방향이나 만화가 처해 있는 상황을 이해할 수 있는 지렛대를 획득할 수 있을 것이다. 즉 영화의 발전을 영화 자체의 내적 동인에 의한 성장만으로는 설명하기 불가능한 것처럼, 소설도 그 외양이나 본질 자체는 변하지 않은 채로 중세의 천덕꾸러기에서 루카치가 말하는 '부르조아의 서사시'의 지위로까지 고양되어 온 것처럼, 만화에 대한 우리들의 시각도 분명히 역사적, 사회적, 계층적 한계를 갖는 것이라는 사실이 바로 그것이다. 따라서 우리는 아동 문학 속에서 만화가 차지하는 지위나 한계, 만화 창작의 기본 전제들을 엿보고 살펴보기 위해서는 '만화' 자체가 가지고 있는 논리와 성격, 한계를 먼저 인식해야 할 필요가 있다.

위에서 잠깐 언급했듯이 만화는 인류의 탄생 시점에까지 거슬러 올라가는 하나의 표현 매체이다. 이 만화라는 매체는 시각적인 강렬도에 호소하면서도 연속체로 이루어져 이야기의 형식을 취하고 있으며, 근대에 이르러서는 <글>과 결합하여 정보의 빠른 전달과 함께 많은 분량의 습득을 가능하게 하고 있다. 만화는 전달하려는 이야기의 핵심을 단번에 제시할 수 있으며, 수신자 측에서도 별다른 사전 지식이나 맥락에 기대지 않고서도 발신자의 전언을 쉽게 인지할 수가 있다. 이런 만화의 특성은 정보를 통제하고 억압하고 조절함으로써 권력을 유지했던 정치적 권력자에게 부담이 된다. 왜냐하면 만화라는 매체는 권력이 통제하려고 애쓰는 정보를 그 어떤 매체보다도 효율적으로 피지배계층에게 전달하고, 서로 교통하게 할 수 있는 것이었으며, 역으로 피지배계층의 의사를 정확하게 핵심적으로 표현할 수 있는 것이기 때문이다.

만화가 '반항적'인 것, '조악한' 것, '청소년의 정신적 발달에 해를 가져오는 위험한 것'으로 오해되는 까닭은 한마디로 만화는 '쉽기' 때문이다. 만화는 오랫동안 주류에서 배제되는 하위 문화로서 문화의 변방에 위치해 왔다. 비록 아동 문학과 만화는 밀접한 관계이지만, 만화는 기본적으로 아동에게만 한정되는 형식은 아니다. 만화에 담긴 원시성과 강렬한 상징성, 직접성은 인간 심리 혹은 본질의 가장 기본적인 층위를 이루고 건드리는 것이므로 만화의 표현 영역과 독자층은 계속 확대될 것이고, 이미 다양한 계층의 정서 속에 스며들어 있다.

만화는 민주적인 매체이다. 만화의 상상력은 고급 문화처럼 미리 규정되거나 제어되지 않으며, 때로는 치졸하거나 유치한 부분도 만화의 상상력 속에서는 유쾌한 농담으로 자리잡는다. 근대에 와서 권위에 대한 반항으로서 그 위치를 굳힌 캐리커처나 카툰의 경우에 특히 이러한 측면이 강하다. 만화의 단순성은 풍자성으로 이어져 대상을 조롱하고 권위를 해체하며 정치적 비판의 수단으로 전용되기도 한다.

이러한 만화의 특질이 주로 회화적인 측면에 관한 것인데, 즉 대상에 대한 간략한 묘사와 그 특징의 개략적인 강조가 만화의 주된 표현상의 강점이다. 만화가 복잡하고 이해하기 어려우며 접근하기 불가능한 대상까지도 범주 속에 포함시켜 분석하고 비판하며 조롱할 수 있게 되는 것은 <이야기로서의 만화>라는 측면이다. 이를테면 현재 우리가 좁은 의미의 '만화'라고 지칭하는 코믹-스트립 comic strip²⁾의 경우, 서사물 일반(소설, 영화 등)과 마찬가지로 예술적인 매체·장르 중의 하나로서 간주되는 까닭이 이러한 이야기로서의 특성에 있는 것이다.

만화는 잘 알다시피 <글과 그림>으로 이루어져 있다. 그러나 글과 그림이 이야기의 전달에 있어서 하나로 융합되어 전개되지 않는 경우, 그것은 '만화적'일 수는 있어도 글은 글로, 그림은 삽화에 머무르고 말지 하나의 '만화'일 수는 없다. 연속되는 그림에 의해 이야기가 전달된다는 사실은 위에서 언급한 만화의 '쉽고 빠른 대상의 인지와 파악'이라는 기본적인 특성이 서사적 형식 속에 결합되면서 빠르게 읽고 쉽게 이해할 수 있는 특성을 형성해주는 밑바탕이 된다. 따라서 만화는 별 노력 없이 오락적인 측면에 적용되는 경우가 많았다. 일반적으로 교육 수준이 낮고, 연령이 어린 계층이 만화를 많이 읽는 것이 일정 부분 사실이다. 그런데 반대로, 만화에도 또한 많은 고급 독자가 있는데, 이들은 만화를 보는 시각이 기본적으로 다르다.

---

2) 연속된 칸들이 띠(strip)처럼 늘어서 그 순서에 따라 시간적·공간적·서사적인 플롯이 진행되는 만화의 한 장르를 말한다. 즉 현재 우리가 말하는 일반적인 만화'책'의 경우가 바로 이 코믹 스트립이라고 할 수가 있다. 자세한 것은 뒤에서 다룬다.

가장 대중과 친숙한 매체인 만화는 사회학적·심리학적·기호학적인 분석 도구로서 학술적 접근에 아주 유용한 쓰임새를 가지고 있다. 또한 만화가 가진 특성인 회화성과 서사성의 조화는 예술적인 창작 태도를 지닌 일군의 작가들에 의해 최대한으로 증폭되어 가고 있다. 이러한 작가주의적 만화가들은 장대한 역사 서사물이나 인간 심리에 대한 깊이 있는 접근, 환상과 SF적인 세계에 대한 시각적인 접근에 의한 높은 상상력의 성취 등을 보이고 있다. 즉 만화가 가진 특성은 어떻게 활용하느냐에 따라 저급한 수준으로 치부될 수도 있고 매우 지적인 탐구가 될 수도 있는 것이며, 역으로 어떻게 읽느냐에 따라 텍스트의 성격에 대한 파악이 매우 달라질 수 있는 것이다. 만화는 이처럼 개방적인 장르이다.

결국, 만화는 저급한 것, 유치한 것, 떳떳하지 못한 것이라는 편견을 점점 떨쳐버리고 있는 셈이다.

만화가 예술인가 아닌가 하는 논의, 그 자체가 이미 만화를 예술로 보려는 의도가 내포되어 있다. 그만큼 만화의 표현형식이 수준이 높아져, 지위가 향상되었다는 뜻이다. 또 한편으로는 만화 종사자 스스로가 예술을 거부하고 나온다. 즉 반예술적 정신을 주장하며 자기 나름대로의 주체적 특성을 주장하려는 것이다.

만화가 점차 예술로서의 지위를 확보하려고 노력하는 것이 지금의 문화 현실이라면, 동화도 비슷한 위치에 있다. 어른들의 이해부족, 어린아이에 대한 인간적 존엄성의 결여 등으로 동화를 중요하게 생각하지 않으며, 또 아동문학 작품도 삶의 깊이에 대한 이해부족, 유치함, 안이한 권선징악적 해결 방식, 거짓된 순수성 등으로 쓰여있다고 생각하는 것이 일반적인 편견이다.

다만 동화는 문학의 한 분야로서 인정받으면서 아동들의 '순수성'에 대한 사람들의 일반적인 동경에 힘입어 나름의 공간을 확보

하고 있다는 점에서는 만화보다 우월한 위치에 있지만, 만화가 단지 어린이들을 위한 교육 수단으로만 여겨지지 않고 전방위적인 전달 매체·예술 장르로서 점차 영역을 확대해 나가는 것에 반해, 동화는 계속해서 여러 장르 — 민담, 영화, 드라마, 추리소설, 대중소설 등 — 에서 소재나 표현 기법을 받아들이면서도 동화만의 특성을 다른 매체로 이전시키거나 전유하게 하지 못하는 폐쇄된 영역 속에 머물러 있다는 점에서 만화보다 좁은 활동 영역을 가지고 있는 셈이다.

그러나 만화가 점차 그 영역을 확대해 나가고 있다고 해도, 아동 문학과의 친연성을 부정하기는 어렵다. 아동 문학이 근대적인 '아동'의 개념이 만들어진 18-9세기 이전에는 민중들의 민담이나 신비한 이야기·전설 등을 원형으로 지닌 것처럼, 만화의 기원이라고 일컬어지는 성당의 벽에 있는 부조나 스테인드글라스, 성경을 편집한 그림 이야기, 민중을 교화하기 위해서 만들어진 조선 중기의 각종 행실도나 불교의 보원십우도 등은 모두 민중적인 형식에 기반을 둔 것이었다.

게다가 만화는 아직도 동화 속에 잠복해 있다. 동화 속에 언제나 들어있는 삽화는 보통 '일러스트'라고 불리는데, 이것도 역시 만화의 한 갈래 속에 포함되는 것이다. 비록 코믹 스트립과는 일정한 차이가 있지만 옆에서 진행되는 줄거리를 보조해주고, 삽화와 글이 서로 영향을 끼치며 진행된다는 점에서 만화 일반의 특성과 굉장히 유사하다. 또한 역사적으로 볼 때에도, 만화는 어린아이들을 위한 삽화에서 그림 쪽에 중점이 두어지면서 독립해 나왔다고도 볼 수 있다. 이 둘은 서로 평행하게 발달해 왔다고 보는 것이 타당할 것이다.

또한 동화가 가진 반복성이나 몰개성적인 측면이 오히려 그 나름의 미학적인 가치를 지닌다고 본다면, 특히 상업주의적이거나 작가주의적이지 않은 만화, 어린아이의 눈 높이에 맞춘 만화도 그 같은 동화에 대한 이론적 접근 속에 포함되어 논의될 수 있는 것이다. 오히려 만화는 아주 개방적인 장르이므로, 상상력과 상식에 구속되지 않는 발상을 중요시하는 아동 문학의 중요한 한 갈래로, 같은 범주에 속하는 것일 수 있다.

결국 현대에 있어서 만화가 단순히 아동을 대상으로 한 것이라는 통념에서 벗어나, 영화·미술·문학 등의 표현 방식과 주제에 영향을 끼치는 대중문화의 중요한 코드가 되어 가고 있거나 이미 그런 성격을 굳힌 것임을 인정하면서도 한편으로는 아동 문학과의 관계도 진지하게 접근해볼 필요가 있는 것이다. 이는 기본적으로 미학적 관점에서 양자가 같은 요소를 공유하고 있다고 볼 수 있기 때문이기도 하며, 만화의 폭넓은 응용 가능성이 아동 문학 자체에도 많은 영향을 주고 있는 현실 때문이기도 하다.

만화의 역사

만화의 기원은 인류의 역사만큼이나 오래된 것이다. 비록 현재 갖고 있는 형식은 근대에 와서 정립된 것이지만, 만화를 정의하는 핵심적인 요소들은 인류의 여명기에서부터 그 흔적을 찾아볼 수 있다.

선사시대

선사 시대의 예술은 '현대의 스냅 사진의 한 동작을 연상시키는'[3] 자연주의적인 예술과 기하학적이고 형식적인 예술[4]로 크게 분류되는데, 전자가 후자보다 앞서서 나타났다고 한다. 특히 자연주의적인 예술이 필요했던 이유는 일종의 '마술의 도구'라는 이유로 설명되는데, 그것은 자신이 소유하고 싶은 대상을 동굴의 벽에 그림으로써 그 대상이 이미 그 그림 속에 걸려들게 하는 효과를 낳았기 때문이었다.

> 그림은 짐승이 그 속에 걸려들게 되어있는 함정이었다. 아니, 이미 짐승이 걸려든 함정이었다고 말하는 게 보다 정확할 것이다. 왜냐하면 그림은 대상의 재현이자 대상 그 자체이며 소망의 표현임과 동시에 소망의 달성이었기 때문이다. 구석기 시대의 사냥꾼 예술가는 그 그림을 통해 실물 자체를 소유한다고 믿었고 그림을 그림으로써 그려진 사물을 지배하는 힘을 얻는다고 믿었던 것이다. 그들은 그림 속의 짐승을 죽이면 실제의 짐승도 죽게 마련이라고 믿었다. 그들의 생각으로는 그림을 그리는 행위는 그들이 원하는 결과를 미리 예기하는 것이었고 이러한 마술적 시범에 뒤이어 실제의 사건이 일어날 수밖에 없다고 보았다. …(중략)… 따라서 마술은 절대로 상징적인 대용행위가 아니라 현실적이요 실용적이며 직접적인 행동이었다.5)

위의 예문에서 인용되는 최초의 예술은 단순히 만화의 기원만이

---

3) 아놀드 하우저, 『문학과 예술의 사회사』, 백낙청 옮김(창작과 비평사, 1976), 11쪽.
4) 기호나 상징적인 문양이 중심이 된 예술 형식. 예를 들어 이 시기의 바위 그림에서는 태양을 뜻하는 소용돌이 문양이나 산을 가리킨다고 여겨지는 삼각형 문양 등이 관찰된다. 이것은 구석기 시대의 자연주의적 예술 이후에 신석기 시대의 초입에 나타난 것으로, 예술이 인생의 구체적이고 생생한 모습보다도 사물의 이념이나 개념 내지는 본질을 포착하려 하고, 대상의 묘사보다 상징의 창조에 주력했기 때문이라고 설명된다. 아놀드 하우저, 앞의 책.
5) 아놀드 하우저, 앞의 책, 13쪽.

아니라 회화의 기원이며 조금 더 나아가면 모든 예술의 기원이기도 할 것이다. 원시 시대의 예술 행위는 현대의 미술, 음악, 무용, 연극 등이 모두 함께 어우러져 있는 것이었다고 보여지기 때문이다. 그러나 이것을 특히 만화의 기원과 연관지을 수 있는 몇 가지 특성이 발견된다.

첫째는 바로 그 종합적인 특성이다. 만화가 여타 회화나 소설 등과 분명하게 구분되는 점이 그림과 글의 혼성이라는 점은 두말할 나위가 없다. 그것이 빚어내는 효과는 뒤에 상론하겠지만, 어쨌든 원시 시대의 예술이 하나의 매체만을 이용하는 독립적이고 자족적인 예술이 아니었음은 분명하며, 그 종합적인 특성은 만화와 유사한 것이다.

둘째는 대상에 대한 개념적인 표현이라는 점에 있어서, 만화는 회화와 함께 초기 예술에 연원을 갖고 있다. 대상을 있는 그대로 묘사하려는 노력보다는 그 특징을 간략하게 묘사하여 대상 전체를 포괄하는 개념을 전달하려 한다는 점이 그것이다.

또 하나는 현실과의 연관성을 들 수 있다. 비록 일종의 주술적이고 마술적인 세계관을 지닌 원시인들의 경우와 현재까지의 그림을 대하는 태도는 매우 다른 것이지만, 만화는 기본적으로 현실과 관계 맺기가 쉬운 장르이다. 대상의 특징을 과장하여 제시할 수 있는 재주만 있다면, 그것이 마술적 세계관에 의한 것이든 정치적 목적에 의한 것이든, 아이들의 이야기를 보조하기 위한 것이든지 간에 그 목적을 제시하기 위한 시간과 노력은 글로 쓰거나 연극으로 공연하는 것보다는 훨씬 경제적이다. 이 경제적인 특성은 만화가 글과 결합된 그림이라는 데에서 더 확장되는데, 이를테면 불조심 포스터에서 포스터에 있는 그림과 쓰여진 구호가 서로 거리가 멀 수록 보는 이가 느끼는 재미나 경각심은 더욱 확대되는 경우를 가정한다면 글과 그림이 서로를 보완하는 것은 메시지의 전달이나 수용에서 매우 경제적이고 효과적인 측면을 지니고 있음을 알 수 있다.

마지막으로 덧붙인다면 원시인들의 그림이 지니고 있는 단순하면서도 강렬하고, 소박하면서도 복합적인 요소들을 가장 순진하게 계승하고 있는 것이 만화라는 점이다. 흔히 말하는 '만화같은 표현'은 상상력의 극대화나 솔직한 표현 방식, 상황의 과장이나 대상의 희화화를 가리킨다고 볼 수 있는데, 이것은 다른 한 편으로 만화에 역동적인 힘을 부여하는 형식적 장치이기도 하다. 만화의 간략한 선은 상상력을 초대하는 풍부한 여백을 칸의 나머지 영역에 예비하고 있다. 그리고 이는 원시적인 사고와 표현의 힘과도 가까운 것이다.

고대

인류가 복잡한 사고를 하기 시작하고, 그 생각을 기호를 통해 표시하게 된 것은 진정한 인류의 탄생을 보여주는 것이라고 할 수 있다. 인간의 사고 능력이 기호를 사용하게 한 것인지, 기호를 사용하게 된 것이 사고를 확장시킨 것인지는 같은 문제이지만, 중요한 것은 기호를 통해 인간은 세계에 자신을 드러내고 자신과 세계를 분리시켜 생각할 수 있게 되었다는 점이다.

인류가 사용한 기호체계는 글자가 발명되기 이전에도 있었다. 말[言]이 바로 대표적인 기호 체계이며, 짐승들이 맹수가 덮치기 전 무리에게 경고하는 울음이나 벌들이 무리에게 꽃가루가 있는 위치를 알리는 춤 등이 모두 기본적으로는 기호이다. 그러나 이러한 기호는 규약성이 약해서 그 전언을 오해할 수 있는 여지가 많다. 즉 단순한 표지 기능만을 기호로 볼 수는 없다는 것이다. 따라서 기록으로 남길 수 있는 기호 체계의 등장은 기호가 단순한 지표를 탈피하는 데에 있어서 핵심적인 것이었다. 고대에 사용된 매듭이나 쐐기문자 등이 단순한 표시로서 그 내용을 제 삼자가 해석하는 데에 많은 어려움이 따르는 것이었던 반면에, 마야나 이집트, 중국에서 쓰인 상형문자는 고도로 추상화된 현재의 문자기호들이 등장하기 이전에 도상적인 특성을 강조하여 만들어진 문자들이면서 이전보다 훨씬 진보된 글자들이었다.

이들 상형문자들은 그림과 글의 차이가 없거나 아직 미분화된 양상을 보인다. 예를 들어 사자의 그림은 사자 자체를 뜻하기도 하지만 용기나 위엄을 뜻하는 말이 되기도 하는 것이다. 한자가 기본적으로 상형에서 출발했기에 뜻은 다르지만 음이 같은 글자를 빌려오기도 하여, 그 기원에는 상형, 즉 글(의미)과 그림이 혼합된 양상으로 존재했었다는 것을 보여주는 사례들이 많이 있다.

특히 기원적 3000년경 이집트에서 파피루스에 기록된 '사자의 서' 글자를 보면, 고대에는 글과 그림이 미분화 상태였음을 볼 수 있으며, 이러한 상형문자들은 만화와 비슷한 모양을 하고 있다. 또 글자그림의 배열이 만화의 형식에 아주 가깝다.

중세

'사자의 서' 같은 이야기가 있는 흐름에 맞추어 그림이 제시된 형식은 이집트 신전들의 벽에 조각된 부조들, 고대 그리스의 신전

벽면을 장식하던 신과 영웅들의 이야기를 다룬 조각들, 중세 유럽의 교회 내부를 장식한 프레스코·벽면 부조·천정화·스테드글라스 등에도 계속해서 나타나고 있다. 베네치아의 성 마르코 성당의 천정화6), 시스티나 성당에 있는 유명한 미켈란젤로의 '최후의 심판' 같은 작품도 '서사의 형식을 갖춘 연속된 그림들', '형상화 된 이야기' 같은 만화에 대한 정의들에 비추어 볼 때 만화의 조상에 속할 수 있는 그림이다.

또 유명한 예가 1066년 노르만 족의 영국 침공과 정복을 헤이스팅즈 전투를 중심으로 다룬 베이유의 융단이다. 오늘날 만화의 '칸'과 비슷하게 아래와 위를 구분하고, 옆으로 계속되는 사건의 진행을 그림을 통해 묘사하면서 간단한 사건의 개요를 글로 써서 그림을 이해할 수 있게 했다. 그 내용도 글로 옮긴다면 한편의 중세 로망스·영웅 서사시가 될 만한 맹세-배신-정복-승리의 에피소드로 채워져 있다.

중세의 만화적 형식들은 믿음이 신실하지만 무지한 대중에게 전달하기 위해 아주 단순화된 양식들이 주류를 이루었다. 이러한 식의 만화적 형태는 서양에만 있었던 것은 아니다. 10세기 경에 만들어진 '보명십우도(普明十牛圖)'는 깨달음을 위한 수단 혹은 매체로, 화면을 위아래로 나누어 위는 그림을, 아래는 그림과 관련된 종교적 내용의 글을 실은 목판화이다.7) 민중을 계도하고 교화시키려는 목적을 지닌 이런 형식들은 '삼강행실도'나 '의열도' 등에도 계속해서 나타나는 형식들이다.

---

6) 특히 이 천장화 ─모자이크─ 는 요즘 만화의 위·아래 칸을 구분하는 줄에 해당하는 부분에 글을 써넣음으로써 그림과 글의 상호 의미 교환적인 효과를 내고 있다. 동양화에도 그림에 글을 쓰는 '시화'가 있었다.
7) 최열,『한국만화의 역사』, (열화당, 1995)

근대

마침내 근대에 들어서면 요즘의 만화의 직계 조상들을 찾아볼 수 있다. 이것은 만화적 기법이나 의장이 발전된 결과라기보다는 회화나 여러 이야기 형식들이 독립된 장르로 독립해 나가고 나름의 문화적·예술적 권위를 획득한 것에 따른 부수적 결과이기도 하다. 15-16세기 유럽에서 목판 인쇄술의 발달은 만화적 형식을 더욱 널리 유포시켰고 이 속에는 말풍선의 시조격인 두루마리가 인물의 입 주위에 그려져 있는 것도 있다.8) 1789년, 프랑스 혁명 이후 '대중의 탄생'은 만화의 성장에 결정적인 역할을 했다. 대중이 주 구매층인 저렴한 신문들의 출현은 만화의 대중적인 확장과 맞물려 있었던 것이다.9) 18-19세기에는 대중과 밀착하는 만화에 대한 권력의 탄압도 눈에 띠게 늘어났으며10), 문학 작품을 만화로 옮기는 시도도 있었다.11) 비록 유럽에서 선구자적인 시도들이 몇 있었지만 대중과 활발하게 결합하고 출판 시장과 밀접한 관계를 갖는 만화의 출현은 역시 미국에서 나타났다.

미국도 식민지 시대에 정치적 목적으로 반 영국적인 테마의 시사적 만화들이 신문에 활발하게 실렸다. 끊어진 뱀을 묘사한 벤자

---

8) 프란시스 라까쌩, 『제9의 예술문화』, 심상용옮김(하늘연못, 1998), 46쪽.
9) R.P.해리슨, 『만화와 커뮤니케이션』, 하종원 역. 이론과 실천, 1994, 참조.
10) 특히 프랑스의 오노레 도미에Honore Daumier는 유럽 만화의 선구자로 꼽힌다. 그는 신문 삽화가로써 주로 풍자만화를 창작했는데, 정치 만화의 성립은 그에 의해 정립되었다고 한다. 해리슨, 앞의 책 참조.
11) 문학 작품의 장면들을 그림으로 묘사하고 글을 부기하는 형식이었는데, 현대 만화와는 아직도 많은 차이가 있지만 오늘날 동화의 제작 방식에 있어 선구가 되기도 한다.

민 프랭클린의 '뭉치지 않으면 죽는다(Join or die)'(1754)는 미국 최초의 시사 만화이다. 자본주의적인 대중문화와 함께 성장한 신문의 대중화 시기가 만화의 전성기를 불러왔다고 할 수 있는데, 1896년 미국 신문들은 만화 작가의 스카우트를 둘러싼 힘 겨루기를 벌일 만큼 만화는 대중성에 결정적인 역할을 수행하였다. '뉴욕 월드'지는 노란 잠옷을 입은 어린이가 말하고 생각하는 것이 잠옷 위에 적힌 한 컷 짜리 시사만화 '옐로우 키드'를 실었는데 그 인기가 대단했다. 대표적인 언론 재벌 중의 하나였던 랜돌프 허스트는 그 작가인 리처드 아웃콜트를 '뉴욕저널'로 스카웃 했고 두 '옐로우 페이퍼'들은 전쟁에 비유될 만큼 격론을 치렀다.[12] 20세기초에 우리가 알고 있는 유명한 미국의 만화들은 대개 이러한 대중을 목표로 만들어진 것이다. 초영웅(Super hero)의 원조인 슈퍼맨이나 뽀빠이, 타잔 이야기 등이 이렇게 대중에게 선보였다.

미국에서 특히 만화가 성장한 것은 막 만들어진 국가로서 하위 장르로 치부되는 만화에 대한 거부감이나 상위 문화의 압력이 적었던 것이며, 여러 이민들로 구성된 다양한 원류를 갖는 문화들이 존재하였기 때문에 서로 문화적 차이에서 오는 거리감을 줄이려면 단순하게 표현하는 만화가 공감대를 형성하였을 것이다. 여러 이유가운데 가장 중요한 요건은 자본주의의 성장이다. 즉 자본주의가 성장하면서 그에 필수적인 소비 주체인 대중의 기호와 입맛에 맞는 문화적 양식이 필요하게 되었고 그에 따라 오랫동안 꾸준히 이어진 전달매체이자 예술 형식이었던 만화는 극적으로 발전하면서 대중들의 문화적 욕구를 충족시키고 있다.

---

12) R.P.해리슨, 앞의 책, 제 4장 참고.

2. 만화의 장르

만화의 분류

만화의 형식에 대한 이해는 만화 자체의 성격을 이해하거나 만화의 응용 가능성을 살피는데도 긴요한 요소이다. 우선 만화의 갈래를 나누어 보자.13)

```
넓은 의미의 만화 ┬ 출판만화 ┬ 시사풍자만화(cartoon)
             │         │      : 1-4컷 만화, 일부 삽화, 시사만화, 캐리커처
             │         └ 코믹스(comic strip) : 좁은 의미의 만화
             │
             ├ 애니메이션 ┬ 상영용 애니메이션 : TV용, 극장용, 비디오용(OAV)
             │          └ 부분 애니메이션
             │             : CD-ROM 동영상 등 부분적으로 삽입되는 형태.
             │               영화의 특수효과나 CF의 애니메이션 포함
             └ 관련부수산업 ─ 만화 상품 시장(팬시/캐릭터), 테마파크,
                                          컴퓨터 게임, CF 등
```

카툰은 일반적으로 시사만화나 한 컷 짜리 만화를 가리키며, 네 컷 이상 스토리가 구성되는 만화를 코믹스/코믹 스트립이라고 부르고 있다. Strip이 줄, 혹은 띠라는 뜻이므로, 칸이 연속되는 형식을 지칭한다고 볼 수 있다. Comic이라는 명칭은 만화가 처음에는 웃음을 주기 위한 목적으로 만들어졌음을 시사하는 이름인데, 현재는 거의 그러한 뜻이 없고 위에서 말한 형식적 구분으로만 쓰인다. 우리 주위에서도 '코믹스'는 만화 시리즈나 출판사의 이름으로

---

13) 박인하, 『만화를 위한 책』(교보문고, 1997) 제1부와 65쪽의 도표를 참조함.

흔히 쓰이고, 시사만화를 제외하면 대개 '만화'는 이러한 연속적인 형태를 가진 코믹스를 뜻한다.

코믹 스트립의 특성

카툰, 캐리커처 등은 도상학적, 회화적인 입장에서 볼 때 더욱 잘 설명될 수 있는 것이므로 여기서는 코믹 스트립을 중심으로 논의해 보도록 하겠다. 코믹 스트립, 즉 만화는 일반적인 조형미술이 가진 독자성을 뛰어넘는 것이다. 다만 최근 들어 만화가 조명을 받는 이유가 만화의 탄생이 늦었기 때문이 아니라는 것은 앞의 장에서 설명하였다. 대개 르네상스 시기, 즉 15세기나 16세기 이후에나 미술은 '형상만을 통해' 이야기를 전달하는 기법을 익히기 시작했다.14) 즉 '독자적인 예술 언어'로서의 정립은 근대의 초입에나 가능했던 일이었다. 그 이전에는 동굴 벽화로 현실과의 관계, 즉 현실을 구성하는 '이야기들'과의 관계를 다룬 구석기 시대의 사람들이나, 신앙을 위해 모자이크나 프레스코화를 성당에 장식했던 중세인들이 모두 자신이 사용하는 매체의 특성에 주목하는 것이 아니라 자신이 전달하려는 이야기와 그 매체를 어떻게 결합시킬 것인가에 중점을 두고 작업하였다. 즉 근대의 예술은 이야기와의 단절을 통해 제각각의 독자성을 확립해 왔으며, 이것이 순수예술이라는 이름으로 존속해 왔던 것이다.15)

---

14) 프랑시스 라까생, 앞의 책, 28쪽.
15) 15세기 이후 회화, 조각, 건축, 음악, 시, 연극, 무용 등이 공예 및 학문과는 별도로 '순수예술'이라는 카테고리에 묶이게 된다. 18세기 중엽이래로 이러한 생각이 확립되면서 순수예술 이외에 다른 예술은 없었기 때문에 순수예술은 단순히 예술이라고 지칭되었고, 19세기에는 완전히 인정받았다. 그러

그것은 공간의 변화나 시간의 지속 등을 나타내는 데에는 별 효과가 없는, '겨우 한 장면으로 된 그림'이 지닌 한계를 극복하는 것이었다. 첫 단계로, 화가들은 그림의 내용에 영향을 끼침으로써 서술의 결핍을 극복하고자 했다. 두 번째 단계로는, 이미지의 차이를 조작하여 전통적인 틀을 파괴했다. 프레스코나 건물의 프리즈는 한 장면으로 된 그림의 틀을 확장시킨 것이라 볼 수 있으며, 채색 문자들과 그림 유리창에 의해서 창안된 메달 모양이나 마름모꼴 장식 등은 이미지의 분리에 의한 것이었다. 이로써 현대와 같은 '이미지의 분절 형식'이 시작되는 것이다. 이것은 곧 하나의 움직임을 시간적 연속의 개념으로 대체함으로써 이미지를 극화시키는 것이다.[16]

그러나 만화는 자신의 표현 형식을 계속 개발하고 발전시켜왔다. 현재의 만화는 하나만의 독특한 표현 수단, 즉 그림이나 글 어느 한 쪽에만 의존하지 않는다. 이것이 근대의 예술 분류문제에 있어서 그 어느 쪽에도 포함되기 어려운 일면을 가지고 있어서 '순수 예술'의 항목에서 계속 제외되어왔지만, 오히려 아이러니컬하게도 오늘날의 순수 예술은 계속해서 그 규범을 깨고 새로운 표현 수단과 혼합된 질료를 사용하려 하고 있는 것이다. 바야흐로 종합적인 표현 능력을 지닌 예술들이 각광받는 시대가 도래한 것이다. 특히 영화가 오늘날의 문화에서 선두 주자라면 영화의 선구

자 이 때에 이르러 '예술'의 의미는 완전히 변화하였다. 예술이라는 용어만 있을 뿐 예술 개념은 새로이 발생된 것이다. 이것은 일곱 가지 fine arts가 각각의 질료로 각각의 고유한 형상을 창조한다는 개념과 함께 진행되었다. W.타타르키비츠, 『미학의 기본 개념사』, 손효주 옮김 (미진사, 1995), 34쪽.
16) 프랑시스 라까쌩, 앞의 책, 28쪽.

에는 만화가 있었다는 사실도 검토해볼 필요가 있다 하겠다.

만화의 장르

만화의 장르는 일반적인 서사물들의 장르와 상당히 유사하다. 사실 만화의 여러 장르들은 일반적인 소설의 장르보다 더 넓은 표현 영역을 지니고 있다고 보아도 좋다. 그것은 만화의 회화적 특성 때문으로, 풍자나 희극적 표현에 적합하였기 때문이다.

만화가 코믹 스트립이라 불리는 것의 연원은, 앞에서 설명했듯이 초기 만화들은 주로 풍자나 풍자를 통한 희극적 요소의 재현에 충실했기 때문이다. 우스꽝스런 인물들이나 동물들이 중심이 되어 유쾌한 장난을 치는 20세기 초 만화들의 특징은 아직도 여러 만화의 장르들에서도 유지되고 있다. 많은 인기를 모았던 <시티 헌터>의 경우 주인공은 심각하고 알 수 없는 인물로 설정되어 있지만 중간 중간 3등신이나 4등신의 희극적인 과장화로 상황의 긴장을 풀고 독자를 편안하게 만든다. 요즘의 우리 만화에서도 '열혈강호' 같은 경우가 이러한 희극성을 적극적으로 도입한 예라고 할 수 있을 것이다. 심지어 환타지물이 아닌 순정만화나 학원물의 경우에도 희극적 상황의 설정이나 희극화는 매우 보편적인 수단이다. 이러한 인물의 희극화나 희극적인 인물이 중점이 된 형식은 초기 무성 영화에 많은 영향을 끼쳤으며 역으로 영화의 표현 방식이 만화에 영향력을 발휘하기도 했다.

코믹물이 하나의 장르이자 보편적인 표현 형태라면, 우리의 만화 분류에서 특징적인 것은 수용자의 성별이나 기호에 따라 만화의 장르를 나누고 있다는 사실이다.

이 자체가 매우 불충분하며 임의적인 분류인데다가 그 속에서도 많은 장르들이 존재한다는 약점이 있지만 대개 '소년 만화'와 '순정 만화'라는 큰 분류가 암묵적으로 통용되는 것이 현실이다. 이 둘은 일단 그림체에서부터 구분된다. 순정 만화가 대상을 아름답게 과장하고 비현실적인 신체 비례로 소녀적 감성을 강조한다면, 소년 만화는 상대적으로 그림체가 거칠며 섬세한 표현이 약하다는 식의 구분이 그러하다. 이런 분류를 따른다면 순정 만화는 사춘기 소녀적인 감성이 담긴 내용에나 적합한 것이 되고 소년 만화는 남자아이들의 직선적인 성격이 반영된 것으로 간주될 수 있다.

그러나 이러한 이분법은 시대착오적이고 현실과 어긋나는데다가 남녀 차별적이다. 이현세·허영만·김수정의 만화들을 소년만화라고 부르기는 왠지 어색하다. 황미나·김혜린의 무협물은 어떤가? 김진의 사회비판적인 무거운 주제의 만화들도 순정만화인가? 강경옥의 <별빛 속에>나 <라비헴폴리스>는 순정SF라고 불러야 할 것인가? 위의 분류를 잘 살펴보면 '소년 만화'는 순정 만화와 짝을 이루어야 정의될 수 있는 것임을 알 수 있다. 즉 소녀적인 것·여성적인 것을 특수하고 폐쇄된 것으로 간주하는 시각 하에서 이런 분류가 가능했던 것이다. 또한 소위 순정 만화의 전문 잡지에도 통념상의 순정 만화와는 많은 차이가 있는 그림체나 내용이 자주 발견되며 그 장르도 SF·환타지·무협물·학원물·가족물 등 매우 다양하다.

정리하면, 위의 이분법은 이미 그 효용가치를 잃은 분류 방식이다. 다만 순정 만화니 하는 이런 명칭의 터무니없는 이분법이 가능했던 이유는 만화의 내적인 분류체계에 의한 장르 구분이 자연스럽게 이루어질 수 있는 만화 역사의 독자적 성장이 미흡했고 이에 대한 연구자들이 없었다는 데 원인이 있는 것이다. 여기저기서, 특히 일본 만화의 화풍이 각각 다른 통로로 수입되면서 그것이 마치 장르의 구분인 것처럼 자리잡았던 것이 우리나라 만화의 역사였다.

결국, 만화의 장르 구분은 그 내용 상의 차이를 문제삼아 이루어지는 것이 가장 이상적이다. 즉 소재에 따라서 역사물, 학원물, SF, 추리물 등의 구분이 있을 수 있다 또 독자층을 대상으로 분류하여 성인만화, 아동만화로 나눌 수 있고, 그림의 경향에 따라 리얼리즘 만화, 환상만화, 독립만화 등으로 구분해 볼 수도 있다. 또한 주제에 따라 분류해 볼 수도 있다.

그러나 만화는 단순한 서사물이 아니라 회화와의 결합이기 때문에, 위에서 말한 이상적인 분류는 이루어지기 힘들고 또한 이상적이지도 않다고 말할 수 있다. 결국 순정만화가 '여자만화' 같은 다른 이름으로 지칭하는 일부의 견해도 주제와 소재의 다양성, 깊이 있는 시각을 가진 작가들이 등장했음에도 불구하고, 순정만화의 회화적 특징이 특별히 강조되고 있다.

이를테면 '문학'을 장르 구분해 본다고 할 때에 그 장르는 역사적인 장르가 있고 이론적인 장르가 있을 수 있다. 전자는 계속해서 그 목록이 늘어나는 것이지만 후자는 교술 등을 덧붙이는 몇몇 예외를 제외하면 아리스토텔레스 이래로 서정, 서사, 극의 삼분법이 대세였다. 예를 들어 그 중 '소설'은 역사적인 장르이자 이론적 장르의 '서사'에 해당한다고 볼 수 있다. 이 소설의 장르를 또 다시 구분해본다면 어떤 것이 있을까? 역시 주제·소재·기법 등에 의거한 장르의 목록이 처음으로 떠오른다. 다음으로는 엽편, 단편, 장편, 대하 소설 등 길이에 의거한 장르의 구분이 있을 텐데, 사실

길이에 의거해 장르를 구분할 수 있다는 생각은 특별한 이론적 준거점을 갖고 있지 않는다고 보아야 한다. 그러나 사실상, 혹은 관습상, 단편과 장편의 조직과 미학적 가치기준의 차이는 매우 두드러지는 것이다.

만화와 비교하자면, 넓은 의미의 만화가 카툰, 캐리커쳐, 애니메이션 등으로 구분되는 것은 일종의 이론적인 구분이다. 그 중 코믹 스트립의 장르를 구별해 볼 때, 이는 소설의 경우와 마찬가지로 새로운 소재나 기법, 주제에 따라 얼마든지 늘어날 수 있는 것이지만 관습에 따른 순정만화나, 아동만화, 성인만화 등의 구분이 존재한다. 만화의 장르를 구분할 때 그 필체나 관습적 분류에 기반한 분류는 조악해 보일 수 있는 여지를 갖고 있지만 한편으로는 소설의 단편, 장편 구분처럼 현실 상의 분명한 차이를 보여주는 것이기도 한 것이다.

따라서 결국 만화의 장르론은 그 장르들을 구분해내는 것보다는 왜 어떻게 해서 이러한 장르가 성립하였고, 그 역사성 속에서 장르의 규칙들은 실제 작품에 어떻게 영향을 끼치고 있는가 라는 문제를 탐구하는 것이 실제적인 도움이 될 수 있다. 성인만화와 아동만화의 구분은 만화가 아이들에게 쉽게 의미를 전달할 수 있다는 점에서 아동만화의 표현방식이 성인의 그것과는 다르다는 점에도 있지만, 만화 자체보다는 성인과 아동을 갈라놓는 문화적·사회적 규범의 소산이다. 또한 리얼리즘적인 만화가 주목되는 것은 본질적으로 환타스틱한 만화의 특성을 반대로 현실의 재현에 활용해내고 있기 때문이다. 그리고 만화에 유독 SF, 환타지, 환상물들이 많은 것은 만화의 시각적 특성이 상대적으로 이런 장르들을 표현하기에 적합하기 때문인 것이다. 이와 같이 만화의 여러 갈래들에 대한 이해는 만화에 대한 이해를 넓힐 수 있으며 혹은 자신이 만화를 창작하고자 하는 경우에, 그 표현 방식이나 겨냥하는 독자층에 대한 파악, 지켜야 할 문제들, 혹은 위반해도 될 장르의 규칙 등을 미리 알아보는 것이 좋다.

3. 만화의 형식

1) 만화의 용어

만화에 대한 이해는 만화에 사용되는 기호나 형식에 대해 잘 알지 않고서는 불가능한 일이다. 만화에 자주 쓰이는 용어들을 정리해 보자.[17]

(1) 칸

만화는 칸의 예술이기도 하다. 칸을 어떻게 배치하고 어떻게 확대 혹은 축소시키느냐는 것은 만화 연출의 가장 기본적인 요소이며 가장 어려운 문제이기도 하다. '칸은 만화의 모든 중요한 개념과 밀접한 연관을 맺고 있다.'

(2) 사이

칸과 칸 사이의 빈 공간을 가리킨다. 일본에서도 사이를 뜻하는 간(間)자를 쓴다고 하며, 어떤 이론서는 '홈통'이라고 부르기도

---

17) 박인하, 위의 책, p.158의 도표 참조.

한다고 한다. '사이'는 특히 서사적인 연결성에 중점을 둔 용어라고 할 수 있다.

(3) 판넬(panel)

이는 서양에서 칸을 부르는 말로, 우리나라에 있어서는 원고의 테두리 선의 의미로 축소되어 쓰인다.

(4) 프레임

칸을 연속적인 의미로 파악할 때 프레임이라는 명칭을 쓴다고 한다.

(5) 단

신문의 기사가 1단, 2단 하는 식으로 불리듯이, 칸이 한 면에 몇 줄 있느냐에 따라 부르는 용어. 형식적인 용어라서 이 구분이 점차 사라지고 있다고 한다.

(6) 면

스토리가 있는 만화의 한 페이지를 말한다.

(7) 말풍선

만화가 현재의 형식과 위치를 확립하는데에 있어 가장 중요한 역할을 했다. 미국에서도 역시 balloon(풍선)이라고 불리며 프랑스에서는 '말연기'라고 지칭된다. 등장인물의 대화가 말풍선 속에 구분되어 표시된다는 것은 만화가 시간적인 연속체 속에 편입되었음을 극적으로 보여주는 것이다.

(8) 나레이션

대개 말풍선 없이 인물의 얼굴 주위나 배경 등에 쓰여지며, 연극의 독백이나 방백 등과 유사하다. 심리적인 표현이나 전지적인 해설에 있어 중요한 요소이며 문학의 '화자'에 대한 구분처럼 1인칭, 3인칭, 전지적, 객관적 시점 등이 쓰인다.

(9) 동작·지문·상황지문 / 시각적 효과

말풍선의 대화나 나레이션을 뺀 등장인물의 동작, 행동, 상황을 설명해준다. '꽝!', '부르르' 등 의성어나 의태어가 쓰이는 경우가 많다. 또한 시각적인 효과는 여타 지문들과 겹치기도 하는데, 시각적 효과를 어떻게 주느냐에 따라서 지문의 성격이 달라지기 때문이다.

2) 만화의 표현 특성

(1) 칸

만화의 최소 단위는 '칸'이다. 칸을 어떻게 연출하고 구성하며 다른 칸과의 연관 관계를 만들어내느냐에 따라 만화의 성격과 효과가 좌우된다. 이러한 칸의 구성 원리는 앞에서 규정한 만화의 기본적인 특성과 아주 가까운 관계에 있다.

만화가 그림과 글로 구성된다는 것, 형상화된 이야기라는 것, 그러므로 '칸'만을 독립시켜 회화적 특성만 강조하거나 이야기적인 측면만 따져보는 것은 모두 만화를 전체적으로 파악하는 태도와 거리가 있다.

> 상식적인 이야기겠지만, 이러한 하나의 칸만을 떼어 내거나 또는 여러 개의 칸을 각기 별도로 분석함으로써 만화라는 예술의 본질을 파악하려는 것은 처음부터 잘못된 것이다. 하나의 독립된 이미지의 틀을 이야기 전체의 구조에서 분리하려는 것은 만화라는 개념 그 자체에 대한 폭력과 다름없다.18)

모리스 혼의 이 지적과,

> 그러나 만화를 보다 세심하게 분석하고 이론화시키는 방법론에 있어서 하나의 독립된 의미로서 칸은 그 자체만으로도 치밀한 분석대상이 되어야 한다.19)

앞의 지적을 인용하면서 덧붙인 박인하의 이 대목은 상반되는 것 같지만 실은 같은 맥락에서 나온 말이다. 만화를 볼 때, 우리는 우선 칸 속에 있는 인물이나 대상을 먼저 주목한다. 멈추어져 있는 그것은 시간적으로는 정지 상태이며 단지 공간적인 대상일 뿐이다. 그러나 그것은 '사이'를 지나쳐 다음 그림과 연결되면서 하나의 동적인 상태로 변해간다. 마치 영화를 우리가 볼 때, 정지된 필름 한 장 한 장을 연속된 동작으로 인식하는 것처럼 말이다. 그

---

18) 모리스 혼, '만화의 세계',『대중문화의 이해』, 박봉성 편역, 237쪽.
19) 박인하, 앞의 책, 135쪽.

러나 영화의 경우에는 눈의 착시 현상이라는 일종의 생물학적 착각에 기반하는 것임에 반해, 만화의 그것은 상상력의 착시 현상이라고 할 수 있다. 그러나 이것은 착각이나 착오가 아니고, 생산적이고 활발한 사고가 가능한 단계에서만 이루어질 수 있는 것이다.

그러므로 한 '칸'의 분석이 긴요하다는 박인하의 지적은 모리스 혼이 다른 페이지에서 만화를 '그래픽 예술로서' 바라볼 때 말한 이 대목과 다른 것이 아니다.

> 만일 만화의 걸작들을 한 곳에 모을 수 있다면 우리는 그래픽 예술의 역사의 찬란한 금자탑을 제공하게 될 것이다. 따라서 영화를 전적으로 사진 예술의 관점에서 평가할 수도 있듯이, 만화를 오로지 그래픽 예술의 관점에서 평가하는 일도 얼마든지 가능하다. 물론 이것이 만화의 예술성을 평가하는 가장 완벽한 관점이라는 말이 아니다. 우리에게는 만화를 감상하는 그 밖의 다른 방식이 있다.[20]

만화의 서로 떼어놓을 수 없는 이 두 가지 면은 물론 각각의 특성을 명확히 이해해야만 두 성격의 혼합도 정확하게 이해 가능한 것이다. 또한 이것은 직관적 형상 / 비직관적 형상이라는 구분으로 이해할 수도 있다.[21] 즉 칸 속의 대상을 직관적으로 받아들일 수 있다면 이차적으로는 말풍선, 나레이션, 지문 등은 직접적으로 음향으로 제시되는 것이 아니라 상상력의 도움을 빌려 비직관적인 형상으로 제시된다. 즉 문자라는 매개를 통한 비직관적인 전달인 것이다.(문학적인 표현 방식이라고 생각할 수 있다.) 두번째의 비직관적

20) 모리스 혼, 앞의 책, 243쪽.
21) 박인하, 앞의 책, 122쪽.

인 형상이 바로 칸과 칸 사이를 통해 연결되는 프레임이 된다.

바로 이러한 특성이 만화의 기본적인 성질을 형성하는 것이다. 그러므로 칸의 연출은 만화의 기본적이며 가장 중요한 특성을 잘 이용할 수 있느냐 없느냐 하는 문제가 된다. 칸은 단순히 앞과 뒤를 연결해주거나 나누어주는 것이 아니라 '칸 자체가 작품의 흐름을 조절하고 작가와 독자 사이에 개입하게 된다.' 또한 '칸의 가장 큰 역할은 시간과 사건, 정서의 흐름을 나타내는 것이다.'22)

칸은 문학에 비유하면 한 문단이나 문장이라고 볼 수 있다. 다만 문학보다는 훨씬 그 독립성이 두드러진다는 점이 차이라면 차이다. 따라서 전체 줄거리나 구성 못지 않게 문장력이나 표현력이 중요하듯이 칸의 구성과 배치는 만화의 진행을 이끌어나가는 요소이다.

(2) 말풍선

만화에서 말풍선은 칸 못지 않게 중요한 요소이다. 칸 속에서 시간의 흐름은 말풍선 속에 적힌 지문의 양이나 모양, 크기에 따라 영향을 받기 때문이다. 공간적인 칸들이 다음 칸으로 넘어가기에 앞서 시간적인 지연을 획득할 수 있는 것은 거의 전적으로 말풍선의 덕분이다. 즉 칸과 칸의 연결에 의해 서사성을 획득하는 만화(좁은 의미의 만화; comic strip)에는 몇몇 실험적인 경우를 제외하고는 필수적인 요소의 지위를 갖고 있다고 할 수 있겠다. 여타 넓은 의미의 만화들에게서 말풍선의 존재 가치가 떨어지는 것은 이 때문이다.

---

22) 박인하, 위의 책, 127쪽.

특히 등장인물의 감정을 표현하는 기능도 말풍선은 떠맡고 있다. 네모난 말풍선과 동그란 말풍선의 대립으로 다른 언어나 의사 소통불능, 말투의 차이 등을 암시할 수 있으며, 뾰족한 모서리들을 그린 말풍선은 높고 큰 소리를, 점선으로 된 말풍선은 작은 소리를 뜻하기도 한다. 그리고 속생각은 풍선의 아랫 부분에 동그란 풍선들이 점차 확대되어가는 것 같은 표시를 함으로써 실제 발화와 구별된다. 물론 이 속생각은 내레이션이 맡고 있는 역할과는 분명하게 차별되며, 주로 심각한 상황에서는 쓰이지 않는 특성이 있다.

만화는 어쩌면 서사라기보다 극에 가까운 것인지도 모른다. 말풍선이 맡고 있는 역할이 계속 확대되어 왔기 때문에, 그 대화들은 연극적인 상황을 연출하고 무대에서 전개되는 것 같은 직접성·현재성을 만화에 부여하고 있다.

(3) 의성어·의태어·부호들

이런 말풍선으로부터 시작된 그림과 글의 상호 교호관계는 여러 의성어·의태어·부호들처럼 풍선이 없이 인물 바깥에서 생성되는 소리를 그 때 그 때의 상황에 맞게 모양을 달리해서 보여주는 연출 기법에까지 이른다.

그리고 이러한 것들이 독자들의 정신 건강을 오히려 단련 시키고, 모든 장르에서 의성어, 의태어는 풍부한 즐거움과 우리가 깊숙히 빠져들 수 있는 소리 문화의 완성을 가져옴을 알게 되었다.…(중략)…여전히, 심하게 비난당하는 의성어와 의태어를 변호하기 위한 또 다른 TV 대담 프로에서 나는 약간의 반항심과 함께 이 의성어·의태어가 만화로 하여금 영

화의 음향보다 훨씬 더 정직하고 믿을 만한 소리를 제공하게
한다고 말했다.[23]

위 글의 저자가 말하고 싶어하는 점은 의성어나 의태어 등의 효
과음이 흔한 통념처럼 유치하거나 조잡한 것이 아니며, 오히려 실
제 음향을 사용하는 것보다 더욱 사실적일 수 있다는 시각이다.
왜냐하면 이 효과음들은 만화 속에서 벌어지고 있는 상황, 주인공
이 느끼는 감정, 현 국면의 심각성 정도 등을 오랫동안 작가와 독
자 사이에 맺어진 규약에 따라 정해진 약속에 따라 표현해 주므로
실제 음향보다 더욱 상황 속의 의도나 목적을 명확하게 해주기 때
문이다.

효과음들은 우선 소리를 식별하고 구분하는 역할을 수행하지만
그 형상에 의해 좌우되기도 한다. 글자의 굵기나 화려함, 다른 글
자체 등이 이중의 의미화를 수행하는 것이다. 또한 소리 말고도
잠든 이의 코에서 부풀어 오르는 풍선 같은 것은 그 모양에 의해
상황을 보여준다. 이 예는 실제로 자는 이가 콧물로 풍선을 만들
고 있다는 상황 제시가 아니라, 그가 '잠들어 있다는 사실을 의미'
하고 있다는 사실에 주목해야 한다. 물음표나 느낌표, 요즘 자주
등장하는 '썰렁한' 상황을 보여주기 위해서 펭귄이나 참새가 배경
에 지나가는 배경 처리 등은 모두 이같은 상형문자적인 특성을 갖
고 있다.

(4) 캐릭터

만화는 특히 캐릭터에 의해서 좌우된다. 주인공의 형상이 직접

---

23) 프랑시스 라까쌩, 앞의 책, 220쪽.

눈 앞에 주어지므로 기본적인 동일시가 쉽다. 또한 영화보다도 개략적이며 추상적인 형상이므로 동일시에 걸림돌이 되는 '나'와 '등장인물'간의 거리가 좁혀진다고 말할 수 있다.

영화가 영화 배우들의 스타화에 의해 대중적인 산업으로 급성장했다면, 만화는 영화의 현상을 미리 예언한 것이라고도 할 수 있다. 만화의 캐릭터들은 서사를 이끌어 나가는 원동력이자 독자의 기억에 강렬하게 남는 첫번째 요소이다. 또한 반복적으로 등장하는 캐릭터들은 스타급 영화배우처럼 그 작품을 이끄는 주 동인이 된다. 예를 들어 이현세의 까치, 엄지, 마동탁 등과 이상무의 독고탁 등은 항상 비슷한 디자인에 비슷한 성격으로 등장해 캐릭터의 매력으로 만화를 주도한다. 이는 우리나라의 현상 만은 아니다. 일본의 미야자키가 자신의 작품에 <천공의 성 라퓨타>의 시타나 <미래소년 코난>의 라나 같은 외유내강형 소녀를 연속해서 등장시키는 것이나, 미국의 디즈니가 미키 마우스, 미니 마우스, 도널드 덕, 구피 같은 캐릭터들을 중심으로 많은 만화 영화를 제작한 것 등은 모두 캐릭터의 중요도를 말해주는 예이다.

캐릭터는 만화 자체의 형식적 속성의 분석에 있어서도 핵심적인 요소이다. 캐릭터의 강조는 '칸'을 구성하는 원칙 중 가장 중요한 일 중 하나다. 주 인물을 칸 속에 부각되게 배치하고, 보조 인물들을 옆에 배치함으로써 캐릭터는 두드러지며, 만화가는 이렇게 주목받는 캐릭터를 이후 서사의 기본 줄기를 만들어가는 인물로 부각시킬 수 있다.

만화와 시간

여러 차례 언급했듯이, 만화의 특성에 있어서 핵심적인 것은 어떻게 시간을 표현하느냐의 문제이다. 말풍선은 그 속에 있는 대사의 길이나 모양에 의해 시간적인 지속을 표시하는 역할을 한다. 또 칸들은 저마다 짧은 순간의 지속을 표시한다. 그러나 그 시간의 길이는 측정하기가 매우 애매하다.

만화에 있어 시간은 공간의 한 기능이다.[24] 눈의 착시 현상에 기대는 영화와, 칸과 칸의 분절을 연결함으로써 시간 진행을 나타내는 만화는 이러한 측면에서 중요한 차이를 보인다. 만화의 칸들이 구분하는 시간은 작가가 의도하는 시간과 독자가 생각하는 시간을 일치시키지 못한다. 또한 이것이 실제적인 현실의 시간과도 물론 일치하지 않는다. 따라서 만화의 시간 체험에는 '일종의 비현실적인 느낌'이 깃들게 된다.

시간에 대한 만화의 태도는 이렇게 '비현실적인 느낌'을 산출해 냄으로써 만화를 시간이 없는 장소도 아니고 규칙적이고 계량적인 시간의 장소도 아닌 부조리하고 역설적인 느낌의 공간으로 만든다. 만화가 지닌 기본적으로 환타스틱한 속성은 시간을 다루는 만화의 특별한 방식에서 연유한 것이다.

---

24) 모리스 혼, 앞의 책, 252쪽.

4. 만화 · 영화 · 애니메이션 · 게임

만화는 다른 어떤 예술의 형식들보다도 영화와 비슷하다. 알렝 르네에 따르면, 만화는 '움직임과 영상적 이미지와 확대된 화면의 발명에 있어서 영화보다 앞선다.'[25] 만화와 영화는 둘 다 대중에 기반을 두고 성장했으며 말, 언어가 장면들을 연속시킨다는 점에서 비슷하다. 영화의 다양한 편집 기술, 카메라의 위치, 음향 효과 등은 만화에서 영화로 전이된 측면이 강하다. 또한 주제나 형식적인 측면에서도 무성 영화 시대의 코미디들은 만화적인 기법과 장치를 흉내낸 것이었고, 영화에서 단골로 등장하는 영웅들 (super hero)은 만화의 주인공들에 그 기원을 두고 있다는 설이 유력하다.

중요한 점은 이들 둘 다 '변증법적 환상의 창조'를 노린다는 것이다.[26] 즉 영화가 시각적 환상의 창조라면 만화는 운동의 암시라는 점이 그것이다. 이러한 유사점은 선후가 있다. 즉 만화가 우선적으로 개발한 관습과 장치들을 영화가 전용해 왔던 것이다.

영화의 역사에서 가장 중요한 기법 중의 하나인 몽타주는 에이젠슈타인이 <전함 포템킨>에서 사용하기 전부터 만화에서 꾸준히 사용된 것이며, 이중 노출, 클로즈업 등의 편집이나 기법 뿐만 아니라 음향에 있어서도 다양한 효과의 제시로 대부분의 음향 효과를 미리 선보였다. 영화가 소리 없는 활동 사진과 분리된 자막을 보여주며 무성 영화 시대에 머물러있을 때, 만화는 소리와 화면이 동시에, 여러가지 기법으로 제시되는 모습을 보여주었다.

---

25) 프랑시스 라까쌩, 앞의 책, 370쪽.
26) 모리스 혼, 앞의 책, 247쪽.

그러나 영화는 또한 소재나 주제를 만화에 제시해주는 역할을 하기도 했다. 이 상호적인 관계는, 결국 만화와 영화가 종합적인 예술이라는 점을 서로 증명해주는 것이다.

애니메이션 / 게임

만화와 영화의 밀접한 관계는 만화 영화(Animation)의 제작으로 이어졌다. 만화 영화는 영화와 마찬가지로 망막 잔상 효과를 이용하여 연속성을 획득하는 것이지만, 기본적으로 장면 장면을 따로 제작해서 연결짓는 것이므로 만화에 더 많은 기원을 둔다. 만화가 영화보다 앞서는 것이다.

역사적으로도 이는 증명된다. 카메라의 발명 이전에, 만화영화의 기법 자체는 이미 개발되어서 돈벌이에 활동되고 있었다. 그리고 영화는 카메라라는 기계의 발전에 만화영화의 기법을 결합하여 만들어진 것이다.

만화의 많은 캐릭터들은 만화 영화에서도 많은 인기를 끌었다. 물론 실제의 재현이라는 관념을 거의 완벽하게 구현해주는 영화와 경쟁하는 입장에서, 만화 영화는 상상력을 활용할 수 있는 단순한 캐릭터를 필요로 했으며, 자연스럽게 만화들은 만화 영화로 제작되었다. 영화가 상상력을 구현하려면 많은 제작비와 인력, 위험천만한 수고를 감수해야 하는 것에 반해, 만화영화는 눈앞에 펼쳐보일 수 있는 공상의 영역에 지름길로 접근할 수 있는 이점을 갖고 있다. 그러므로 애니메이션의 예술적 표현 영역은 '읽어야 하는' 것보다 '보는 것'에 익숙한 현대인들의 기호에 부합하면서 상대적으로 덜 제약을 받기 때문에 오히려 영화보다도 넓다고 할 수 있다. 많은 예술적인 애니메이션들이 회화적 엄격성과 아름다움, 현실에 대한 개념적·상징적 접근의 용이함 등의 이점을 안고 창작되고 있다.

영화에 사용되는 컴퓨터 그래픽의 경우 어느 쪽에 분류해야 할지에 대해 약간의 논란이 있는 것 같다. 컴퓨터 그래픽 자체는 분명히 만화 쪽에 가깝다. 그러나 실사냐, 그래픽이냐 만을 갖고 만화냐 아니냐를 논하기는 힘들다. 만화는 글/그림의 변증적인 형식이므로, 컴퓨터 그래픽자체만을 놓고 볼 때에는 그 어느 쪽에도 속하는 것이 아니기 때문이다. 더욱이 컴퓨터 그래픽은 만화 영화, 일반 영화를 가리지 않고 활발하게 사용되고 있으므로 아직까지는 분명한 기준이 없는 형편이다. 차라리 컴퓨터 그래픽에 의한 애니메이션을 셀 애니메이션이나 영화와도 따로 분류하는 것이 더 나을 것이다. 그러나 그 때에도 컴퓨터 그래픽 애니메이션이 만화의 하위 장르에 속한다는 점은 무시될 수 없다.

게임의 경우, 시나리오에 근거하고 있으며 화면이 진행된다는 점에서, '형상화된 이야기'라는 만화의 기본적 정의에 부합한다고 할 수 있다. 특히 이런 성질을 갖는 것이 주로 판타지 소설을 원작으로 하는 롤 플레잉 게임이다. '주인공은 여행을 떠나고 원하는 것을 찾을 때까지 고난을 겪는다. 마침내 수난은 끝나고 악당은 처치되며 성장한 주인공은 고향의 품으로 돌아온다'와 같은 전통적인 로망스적인 줄거리를 뼈대로 삼는 롤 플레잉 게임은 점차 시나리오나 게임의 관리 측면에서 발전을 이룩하고 있다. 요즘 유행하는 머그 게임은 인터넷, 통신의 발달에 힘입어 자신이 직접 만나고 부딪히는 새로운 세계를 여행해나가는 것이다. 만화나 영화가 독자의 역할을 감상하고 받아들이는 수동적 태도에 한정한 것에 비하면 게임이 갖는 힘이나 개방성은 매우 놀라운 것이다.

5. 스토리 창작 기술

위에서 살펴본 만화의 특성들은 만화를 단순히 읽고 치워버리는 오락물로서만이 아니라, 그 속에서 수용자가 끌어들일 수 있는 여러가지 가능성을 획득하기 위한 기초가 된다. 물론 그렇다고 해서 만화의 기본적인 상업적 특성과 대중에게 환영받고 대중과 함께 호흡해온 역사가 무시되어도 된다는 말은 아니다. 만화는 가장 자본주의적인 것이면서 또한 그렇기 때문에 폭넓은 영향력과 깊은 가능성을 지닌 매체이다. 만화에 대한 인식을 가다듬는 것은 자본주의에 함몰되지 않으면서 그 속을 관류하는 흐름을 읽을 수 있는 계기이기도 하다.

마찬가지로 창작에 있어서도 만화의 특성을 제대로 인식하는 것은 만화의 질을 위해서나 만화의 대중성을 위해서나 모두 필요한 일이다. 특히, 아동을 대상으로 한 만화의 경우 교육적 측면이든 아이들의 눈 높이에 맞추기 위해서든 만화의 회화성과 스토리 라인을 어떻게 적절하게 조화시키느냐가 중요한 관건이 된다.

그러므로 여기에서는 출판 만화, 애니메이션, 게임 등의 창작에 있어서 어떻게 만화의 특성을 스토리의 구성에 잘 용해시킬 것인지를 알아 보겠다.

스토리 라인의 중요성과 특징

스토리 라인을 구상하는 일은 작품 전체의 밑그림을 미리 그려 놓는 일이라고 말할 수 있을 것이다. 만약 이것이 작품 제작에 앞서서 먼저 이루어지지 않거나, 그 구성이 견고하지 못했다면 작품의 연재나 집필 중에 전체의 골격이 흐트러져서 만화 창작 자체가 방향을 잃고 표류할 위험이 생길 수도 있다.

그러므로 스토리 라인은 어느 정도 구체화되어 제시될 필요가 있으며, 창작에 앞서서 일정한 분량이 완성되어 있어야 한다. 그러나 이것은 어디까지나 원칙이고 실제에 있어서 작가들의 인터뷰를 참조해보면, 대개 마감에 쫓겨서 작화든 대본이든 황급하게 만들어지는 경우도 많다고 한다. 다만 그렇다고 해도 어느 정도는 작품의 윤곽에 대한 합의가 존재했기 때문에 그럴 수 있었다고 보아야 할 것이다.

다음으로 스토리 라인 전개에 있어서는 만화적 표현이나 특성에 대한 이해가 필요하다. 이것은 일반적인 시나리오에 대한 이해에서 한 걸음 더 나아가야 하는 것인데, 이를테면

'왕자는 슬픔에 못 이겨 흐느껴 울었습니다' 같은 내용이라면
↓
'(슬퍼하며) 울고 있는 왕자' 처럼 강조점을 캐릭터에다 두고,
↓
'왕자 : (고개를 떨구고) 흑흑흑……(어깨를 들썩인다)'
처럼 점차 시나리오의 특성에 맞추어 장면화, 객관화 시켜나가야 한다. 중요한 것은 만화의 특성 상 시각화가 얼마나 용이할 것인

지를 염두에 두고 지문을 써야한다는 것이다. 특히 만화는 캐릭터를 중심으로 진행되며, 캐릭터를 생동감 있게 다루는 것이 많은 경우 아주 중요한 문제이므로 캐릭터의 특성에 대한 이해가 선행되어야 한다.

즉 이 예에서의 왕자가 코믹 캐릭터라면 울고 있는 장면은 희화화 되어 전달되므로 위에서 처럼 조금 과장된 표현으로 나타날 것이다. 그러나 다른 이의 죽음이나 실존적인 고뇌에 따라 우는 것이라면 단순하게 고개를 떨군다든지, 어깨를 들썩인다든지 하는 진부한 표현으로는 충분하지가 못할 것이다. 그럴 때는 화면의 연출이나 다양한 배경의 활용, 적당한 음악의 삽입 등이 중요하다.

코믹 스트립의 경우

현재까지 우리 만화계에서 대개 글과 그림의 분리가 이루어지는 경우는 상업적인 목적이 대부분이다. 여러 군데의 지면에 연재해야만 일정한 소득을 올릴 수 있는 출판 시장의 구조 때문에 스토리의 창작과 만화를 그리는 일을 한 사람이 동시에 할 수 없었던 까닭이다. 그러나 그에 따라 주먹구구식 만화 기획이 좀더 정비된 측면도 있다.

여기에는 상업적인 목적뿐만 아니라, 대작(大作)을 창작하려고 할 경우 스토리 라인의 창작이 좀더 전문화되고 깊이 있게 전개되어야만 성공할 가능성이 높다는 실질적인 이유도 있다. 또한 <열혈강호> 같은 코믹물의 경우에도 희극적인 장면과 무협물의 줄거리가 잘 조화된 까닭을 작화와 대본의 분리에서 찾기도 한다. 우리 나라의 경우에는 좀 드물지만, 외국의 경우에는 많은 '창작팀'

들이 있어서 그 팀에서 스토리 작성(원고)과 그림(작화)을 함께 해결하고 있다. 국내에 가장 잘 알려진 창작집단 '클램프'는 <60면상에게 물어봐>같은 학원 코믹물과 <클로버>같은 진지하고 어두운 주제를 가진 만화에 이르기까지 다양한 면모를 보여주고 있다. 이러한 성공은 역시 글과 그림이 분리되어 있기 때문이라고 본다.

만화도 나름의 '작가주의'를 지니고 있다는 점에서 스토리 작가와 만화(작화)가는 전문화되어 분리되어야 한다고 본다. 점차 만화의 각 분야가 전문화되면서 더욱 좋은 창작품을 만들어내는 경향은 사실 환영할 만한 일일 수도 있다.

아동 만화의 경우에는 스토리 작가와 극화 작가가 분리되는 경우가 사실 드물다. 아마도 상업적인 가치를 따지기 때문이겠는데, 의식적으로 예술적 가치를 생각하여 분리 한 것은 아니지만, 제작만을 생각해 본다면 사실은 실질적으로는 분업화가 이루어지고 있다고 보아야 한다.

대개의 아동 만화 작가들이 한 두번씩은 유명한 동화나 소년 소설을 만화로 옮기는 작업을 해보고 있다는 점에서 기초적인 분리 단계로 볼 수 있다. 이희재가 《보물섬》 등에 연재한 <악동일기>, <나의 라임오렌지 나무>같은 만화들이 대표적인데, 사실 엄격하게 말하자면 이것을 대본으로 볼 수는 없을 것이다. 왜냐하면 스토리 작업에 있어서 중요한 점은 시나리오의 창작처럼 만화적 표현이나 대사, 지문처리 등을 잘 조화시켜내는 것이 관건인데, 원작이 있는 경우라 할 지라도 이와 같은 시나리오의 실제 제작을 누가 하느냐 하는 것이 문제되기 때문이다.

다만 출판 만화의 경우에는 작업에 참여하는 인원수가 그리 많은 경우가 드물기 때문에, 시나리오의 정밀한 창작보다는 극화를 그리는 작업과정에서의 팀원들간의 호흡이 더 중요하다고 보기 때문이다. 즉 앞에서 든 예처럼 '왕자는 슬픔에 못 이겨 흐느껴 울었습니다' 같은 식으로 스토리를 작성하는 경우에도 극화 작가가 이것을 나름대로 잘 표현해 낼 수 있을 정도로 서로 의사소통이 잘된다면 그다지 문제가 되지 않을 것이며 극본 식으로 구성하는 것이 오히려 어색하고 거추장스러운 일이 될 것이다. 시나리오의 극본 없이 몇 개의 메모만 가지고도 가능했던 것이다.

애니메이션의 시나리오 창작

애니메이션과 출판 만화의 가장 큰 차이는 무엇보다도 '움직임'이 있다는 것이다. 물론 그 움직임도 엄격히 말하자면 눈의 착각에 기댄 것이다. 그러나 어쨌든 출판 만화가 정지된, 공간적인 성격을 가진 컷들에 상상을 통해 시간적 질서를 부여하는 것에 반해 애니메이션은 그 움직임과 시간의 흐름을 직접 통제하고 연출해야 한다.

또한 애니메이션은 집단적인 작업인데다가 여러가지 변수가 끼어들 가능성이 더 많기 때문에 시나리오도 정밀하면서 세심한 고려가 바탕에 깔려 있어야 한다.

처음에 시나리오는 작품의 주제, 소재, 스토리, 주요 캐릭터, 설정 등을 시놉시스로 제출해낼 수 있어야 하며 지문, 대사, 기호 등을 사용한다. 이 형식은 일반적인 시나리오의 형식과 대동소이하다. 애니메이션 시나리오는 특히, 어떤 전형적인 장르의 성격에 맞추는 경우가 많기 때문에 코믹물인지 아동물인지 성인물인지를 분명히 할 필요가 있다.(그러나 이러한 일반적인 한계를 뛰어넘는 작품들이 명작으로 인정받는 경우가 많기 때문에 이는 어디까지나 상대적인 규정이라고 보아야 한다.)

다음으로는 스토리를 분명하게 써야한다는 점을 들 수 있다. <누가, 언제, 어디서, 무엇을, 왜, 어떻게>의 육하원칙을 분명히 지켜주면서 애매한 곳이 없는지를 살펴보아야만 애니메이션 창작에 임하는 다른 스텝들과의 의견 교환이나 원래의 의도 실현에 문제가 생기지 않을 것이다.

아동을 대상으로 한 애니메이션의 시나리오는 무엇보다도 성인의 기준에 맞추어 지나치게 복잡하게 구성하거나 혹은 아이들의 수준을 얕잡아 보아 단순하게만 해서도 안된다. 아이들은 성인보다도 지루한 장면에 더 못견뎌 하므로 장면 전환을 빠르게 해주면서도 줄거리의 이해가 명쾌할 수 있도록 주의해야 하며 계속해서 흥미를 끌 수 있도록 사건의 진행은 조금 늦추어야한다. 스토리가 복잡해지거나 긴장이 고조되는 경우에 아이들도 그에 따라 민감한 영향을 받기 때문에 중간중간에 긴장을 풀어주면서 다시 드라마에 몰입할 수 있도록 개그 컷이나 긴장이 이완되는 장치를 삽입하는 것도 좋은 방법이다.

그러나 무엇보다도 중요한 것은 소재와 주제의 선택이다. 아동이라고 해서 무조건 선악의 분명한 구분만을 좋아하는 것도 아니며, 단순한 성격의 인물들에 호감을 갖는 것만도 아니다. 반대로 아동들이 갈등 축을 이해할 수 없는 난해한 만화를 좋아하는 경우는 드문데다가, 아이들은 여러 만화에서 반복되는 테마에서 어떤 리듬감을 느끼는 것처럼 보이는 것도 사실이다. 지나치게 교육적인 각도에서 접근하는 만화들이 대개 어린이들에게 호응을 얻지 못하는 것처럼, 성인의 시각을 강요하는 것도 성공한 아동 만화라고는 할 수 없다.

게임 시나리오

최근의 전자 게임들은 대개 시나리오에 많은 비중을 둔다. 울티마 시리즈나 삼국지같은 롤 플레잉 게임은 게임의 성패가 시나리오에 달려있다고 해도 과언이 아니며, 리니지 같은 인터넷을 기반으로 하는 머그 게임도 시나리오의 세심한 설정 없이는 하나의 세계가 창조될 수가 없을 것이다. 스타크래프트같은 전술 게임도 각종족, 무기, 지도 등의 설정이 제대로 이루어지기 위해서는 기본 스토리가 좋고 완전한 극본이 뒷받침되어야만 하며, 설사 주로 감각에 기대는 슛팅 게임같은 경우에도 기본 설정이 무시될 수는 없다.

게임 시나리오의 가장 큰 특징은 열려 있는, 선택적인 결말에 있다. 여타 서사물들이 모두 쌍방향의 의사 소통이 이루어지지 못한 채 일방적인 해결책만을 강요해 온 것은 소설이든 만화든 기본적으로 안고 있는 한계였다. 게임은 그 수용자가 게임의 주인공과 동화되면서 더 나아가 직접 그 속에 뛰어들 수 있다는 점에서 매우 매력적이며 전혀 새로운 성질의 것이다. 따라서 게임의 시나리오는 여러 가지 가능성을 골고루 열어놓고 있어야 하며 어느 한쪽에 일방적으로 편중되는 구성을 취해서는 안 된다. 주인공이 한가지 길로만 따라가야 한다든지 특수한 아이템만이 게임을 해결해 준다든지 한다면 게임 구성의 질 뿐 만 아니라 게임의 인기도 하락할 것은 뻔한 일이다. 또한 게임의 흥미를 지속시키기 위해서는 계속적인 긴장이 필요하며 그 때문에 선악의 분명한 대립이나 잔혹성 등이 두드러지게 되는 것이 필연적인데, 아동을 대상으로 하는 경우 이러한 점이 나쁜 영향을 미친다는 것을 생각하여야 할 문제이다.

게임에 있어서는 사실 아동을 위한 게임이 많지 않은 것이 사실이다. 몇 가지 예외의 경우에도 롤 플레잉 게임처럼 본격적인 시나리오를 필요로 하는 것은 아니다. 그 까닭은 게임의 제작과 유통에는 많은 경비가 들기 때문에, 본격적인 게임 문화가 자리잡았다고 할 수는 없는 현재의 상황에서는 특수하게 아동만을 대상으로 한 게임이 만들어지기 어려운 상황이다. 그러나 대개의 게임은 아동에서부터 청소년들까지를 주요 타켓으로 삼고 있으므로 아동을 위한 게임을 찾아보기 힘든 것은 그것이 미분화된 결과이지 아동이 제외된 것은 아니라는 것을 알 수 있다. 다른 식으로 생각해 보자면 근대의 특징인 '아동'의 특수한 성격 규정이 근래 만들어진 게임의 세계에서는 강력하게 작용하지 못했다고도 생각해 볼 수 있을 것이고, 게임이 모두 추구하는 강렬한 갈등과 그 긴장, 적자생존의 법칙이 통용되는 명확한 승/패의 갈림 등이 교육적인 측면이 많이 강조되는 아동 문학과는 잘 어울리지 않았기 때문이라고 볼 수도 있다.